# PUZZLE　東京駅おもてうら交番・堀北恵平



内藤 了

角川ホラー文庫
22101

# 目次

【主な登場人物】

堀北恵平《ほりきたけっぺい》　警察学校初任科課程を修了し、丸《まる》の内西《うちにし》署で研修中の『警察官の卵』。長野出身。

平野腎臓《ひらのじんぞう》　丸の内西署刑事組織犯罪対策課の駆け出し刑事。

桃田　亘《ももたわたる》　丸の内西署の鑑識官。愛称〝ピーチ〟。

ペイさん　東京駅丸の内北口そばで七十年近く靴磨きを続ける職人。

ダミさん　呉服橋《ごふくばし》ガード下の焼き鳥屋『ダミちゃん』の大将。

メリーさん　東京駅を寝床にするおばあさんホームレス。

柏村敏夫《かしむらとしお》　『東京駅うら交番』のお巡りさん。

――死体をバラバラにする間、私には、恐ろしいことをしているという考えはまったくありませんでした。『この手が俺を殴ったのだ』『この足が母を蹴《け》ったのだ』『妹の子を殺したのは……』と、憎しみ一杯の心でやりましたから、むしろ、少しずつ恨みが晴れていったような気がしました。

東京日日新聞10月22日付――

# プロローグ

プーン……と蚊の啼《な》く声がする。

振り払うとしばらく止まり、ふいに耳の近くで羽音《はおと》がする。

永田《ながた》哲夫《てつお》は自分の頬をパシリと打った。手のひらを確認したが死骸《しがい》はなくて、くるぶしのあたりに痒《かゆ》みを感じた。

ちくしょう、やっぱり刺されちまった。何箇所目だと思っていやがる。

大仰な仕草で追い払っても、飢えた蚊は攻撃をやめない。これ以上刺されちゃたまらんと、永田は忙《せわ》しなく足を動かす。

東京拘置所の面会室は薄暗く、壁も床も湿っていて、いかにも蚊が好みそうな環境だ。暗いので、目を凝らしても姿は見えず、不快な羽音がそこかしこから聞こえてくる。永田は額をボリボリ掻《か》いた。頬も痒いぞ、こんちくしょうめ。

鉄網のむこうに被疑者はいない。

ヤツが来るのを待っている間に、何箇所も刺されてしまったじゃないか。

面会室は八畳ほどで、鉄網とカウンターで仕切られている。被疑者側の空間にひとつだけ窓があり、外側に取り付けられた鉄格子が磨《す》りガラスに透けている。

こちら側にひとつ、被疑者側にひとつ、天井から簡素な電球が下がっているが、昼なので明かりは灯《とも》っていない。窓から差し込む光は白く、空も見えなければ風も吹かない。そしてまたプーン……と音がする。永田はめくり上げていた袖《そで》を手首まで引っ張り、立ち上がって、目を凝らした。鬱陶《うっとう》しい奴め、今度こそ叩《たた》き潰《つぶ》してやる。

じっと空間を窺《うかが》っていると、白シャツの前を縞模様《しまもよう》の影が横切った。

「野郎！」

思い切り叩くと蚊は潰れたが、かわりにシャツに血がついた。

「やっぱり吸っていやがった」

永田はシャツをこすったが、粉々になったのは虫の身体だけで、血はとれない。

ガチャリ。

ノブの回る音がして、刑務官がようやく被疑者を連れてきた。入って来た青年に気を取られつつ、汚れた手をズボンで拭《ぬぐ》い、永田は面会者用の椅子に座った。

被疑者は永田よりやや年上で、灰色のワイシャツにゆるゆるのズボンを穿《は》いていた。

ズボンはかろうじて骨盤で止まり、裾《すそ》が床を擦っている。裸足《はだし》にサンダル履き、髪の毛は伸びて目にかかり、口が半開きになっている。刑務官に促され、青年はだるそうな仕草で椅子に掛けた。

細面《ほそおもて》の顔はそれなりに整っているが、顔色は白く、唇は緑色がかって、目の下に隈《くま》ができている。縞の蚊が青年の首に止まったが、血を吸われるまま宙を見ている。訪問者の永田に興味を示す様子もない。

青年は飯岡英喜《いいおかひでき》二十六歳。

銭湯で知り合った十二歳の少年を殴り殺して解体し、遺体を水槽に詰めて自室の床下に隠し持っていた容疑で勾留《こうりゅう》中だ。永田はカウンターに腕を載せ、下から覗《のぞ》き込むように彼を見た。

「飯岡英喜くんだね？　俺は野上《のがみ》警察署の刑事で永田という者だ。君が起こした事件の捜査を担当したんだよ。床下で水槽を見つけたのは俺だ」

飯岡英喜はだるそうに目を動かして永田を見たが、表情も変えなければ喋《しゃべ》りもしない。永田の腕からこめかみあたりへ、ゆっくり視線を動かしていく。

「少し話を聞かせて欲しくて来たんだよ。拘置所はどうだ。快適かい？」

皮肉を込めて聞いてみた。

英喜はついっと視線を逸《そ》らす。

「お母さんはどうだ。面会に来るかい？　それともお父さんが。二人とも元気か？」

英喜はやはり喋らない。

事件の通報は彼の母親の主治医が野上警察署へもたらしたものだった。母親は息子の素行不良に悩んで体調を崩し、近くにある診療所の精神科に通っていたのだ。病状悪化を案じた主治医が入院を勧めに自宅へ赴き、英喜の部屋で血痕《けっこん》を見つけて永田の署へ電話をかけた。思えばあれが始まりだった。永田は先輩刑事の柏村《かしむら》と現場へ飛んで、とんでもないものを発見する羽目になったのだ。

木偶《でく》人形のような英喜を見ていると、永田は言い知れぬ恐怖を感じる。それは胃袋から肺を通って脳みそまで、巨大なナメクジが這《は》い上がってくるような感覚だった。

「いいよ。じゃあ単刀直入に聞かせてもらおう。きみが犯した罪についてだ。首と手足を切って水槽に入れて、床下に隠していた少年のことだよ。覚えているかい？　彼とは『千代《ちよ》の湯《ゆ》』で会ったんだってね。家の近くの銭湯で」

そう訊《き》くと、突然被疑者の目に光が宿った。彼は半開きだった口を閉じ、一瞬だけ永田と視線を交わした。

すぐにまた目を逸らし、過去を見るような表情になる。

「なぜあの子だったんだ？　好みだからか？」

わかりきったことをなぜ聞くのかと、英喜は小馬鹿にしたような笑みを浮かべる。

しかし、まだ口をきかない。

「被害者の少年は友人に言っていたそうだ。ぼくはあの人に殺されるかもしれないと。あの人というのはきみのことだ。どうして少年はそう思ったんだ？」

英喜は永田の斜め後ろを眺めている。その場所に過去の映像が映り込んででもいるかのように、ニタニタと笑みを作って……こう言った。とうとう喋った。

「ぼくがあの子にそう言ったから。きみは殺したいほど可愛いと、ぼくが教えてあげたんだ。あの子の背中を流しながら」

「そして本当に殺したんだな」

「あの子はもっと可愛くなった。理想の少年になれたんだ」

「理想の少年？」

と、永田は呟《つぶや》く。

そして自分の斜め後ろに、殺された少年が立っているような気がして振り向いた。

そこにあるのは白い壁と、面会室へ入るための扉だけだ。天井の隅に蜘蛛《くも》の巣が張って、埃《ほこり》が儚《はかな》げに揺れている。埃だけで、蚊は一匹もかかっていない。

「ついに理想の少年を見つけたと、ぼくはそう思ったのに。でもまだ完璧《かんぺき》じゃなかったんだよ。文句を言うし、逆らうし……だから彼を殺してしまった。ぼくに逆らわないように」

「逆らわないように？　悪戯《いたずら》しようとして抵抗されたからだろう」

英喜は眉《まゆ》をひそめて首を傾げた。

少年は鉈《なた》で頭部を一撃されて死んだのだ。けれども取り調べ調書には、その瞬間のことは覚えていないと書かれている。英喜の記憶はその前後、少年を自分の部屋に引き込んだところまでと、遺体を洗うところから鮮明になる。

「きみは鉈で少年を殴り殺した。それから彼を解体した。覚えていないのか」

「水槽に……」

と、英喜は言った。

「入るようにしなきゃならなかった。あの子はとてもおとなしくなって、生きているときの何倍も可愛くなった。だから、あの子を……とっておこうと思ったのに、水槽に入らないから、入る大きさに切ったんだ」

恍惚《こうこつ》の表情を浮かべている。

「腕も、足も、とてもきれいで……顔は特に素晴らしいから、金魚鉢に入れてあげた。

親に見つかるとうるさいから床下に隠したけれど、ぼくのあの子は見飽きることがない。本当は机に置いて一日中眺めたかった」

永田は生唾《なまつば》を呑《の》み込んだ。床下で水槽を見つけたときの記憶が蘇《よみがえ》る。少年の頭部は金魚鉢に、四肢は水槽に分けて入れられ、ホルマリン漬けにされていた。

「なぜそんなことをしたんだ？　どうしてそんなことを思いついた？」

その理由を知るために、永田はここへ来たのであった。

少年の死体を発見したあの日から、粘り着くような悪夢に苦しめられている。それは寝ているときだけでなく、刑事の仕事をしているときも、どんな時にも、永田の心を蝕《むしば》み続けた。暗い床下から引き上げた金魚鉢に詰められていた少年の首。真っ白で、目を閉じて、半開きになった唇と端整な顔。おぞましくも美しいその顔と、水槽に沈んだ華奢《きゃしゃ》な四肢。衝撃的な映像は、ふとした瞬間脳裏に浮かび、言い知れぬショックを与え続ける。永田は自分が事件に取り込まれてしまったように感じ、わずか十数秒のその瞬間を、何度も繰り返しトレースしている。犯人を逮捕した今もまだ。このままではとても日常に戻れないと思い、立ち直れない自分を恥じている。弱音を吐くようで誰にも相談できず、悩むほど深みにはまっていく。

だから思い切ったのだ。いっそ犯人に会って話を聞こう。全てを知って、こんな思いとは決別しよう。そうでなくては進めない。事件の衝撃から逃れられないのは、犯人の心理がわからないからだと永田は決めた。本人の口からそれを聞き、犯人が自分と全く違う世界にいると知って一線を引くのだ。少年を殺し、解体して水槽に詰め、保存する、そんな心理が、自分と同じ人間に隠れているわけがない。犯人は常人とかけ離れた思考を持ち、相容《あいい》れない存在だと知る必要がある。どうしても。

胸に蟠《わだかま》る不穏な気持ち。水槽の少年をトレースしてしまう自分の心理。あの死に顔を、おぞましくも美しいと思ってしまった瞬間。

永田はそれが怖かった。

英喜の首から蚊が飛んだ。彼の血で腹がパンパンに膨れ、いかにも重そうに宙を行く。永田はさっき潰《つぶ》した蚊のことを考えた。蚊は俺の血で赤く潰れたが、英喜の血を吸った蚊も、潰せば赤くなるはずだ。殺人犯でも血は赤い。

「死体を切断しようなどと、そんなおぞましいことをどうして思い立ったんだ。教えてくれ。なぜなんだ」

英喜は背中に窓を背負っている。逆光のせいで顔が暗く、ボサボサの髪が、縁だけ白く光っている。表情の乏しい顔のなかで、口元だけがゆっくり動く。

「やってみたいと思っていたから。ずっと、やってみたかった」

英喜は言った。

笑っている。唇を三日月のようにして笑っている。

「猫はやったけど、人間でもやってみたかった。好きな子で」

「やってみてどうだった」

ゴクリ。と英喜の喉《のど》が鳴る。

「すごくよかった」

吐き気がした。

「刑事さんは知らないのかい？　人をバラバラにしたのはぼくが最初じゃない。そういう事件があったよね。玉《たま》の井《い》で……ぼくがまだ赤ん坊だった頃に。どう？」

さっきまでぼんやりしていた英喜の目が、異様な熱を含んで永田に向いた。吸い込まれるようなその瞳《ひとみ》。黒目の奥に滾《たぎ》る狂気を突きつけてくる、その表情。永田はカウンターに置いた手を拳《こぶし》に握り、ゆっくり何度も頭《かぶり》を振った。

「知らないのなら教えてあげる。あの有名な江戸川乱歩《えどがわらんぽ》も推理した事件だよ。バラバラ事件。人をバラバラにしたからそう呼ばれるんだ。殺されたのはやっぱり男で、裸にされて、胴体を三つ切りに、首と、手足もバラバラに……」

英喜の目が光っている。濡《ぬ》れたように黒く、狂気を孕《はら》んで。唇には笑みが浮かんでいる。その目は永田に向けられているが、見ているものは永田ではない。英喜の意識は玉の井にある。裸の男を頭の中で三つ切りにしている。

ガタン！と、大きな音を立て、永田は椅子を蹴飛《けと》ばして立った。鉄網から離れ、自分を見上げる英喜を見下ろす。英喜は一瞬だけ不思議そうな顔をしたが、すぐさま訳知り顔になってニタリと笑った。

「包丁とノコギリで切ったんだ。ミスターバラバラ。その人はドブに捨てられていたけど、ぼくならそんなことはしない。近くに置いて、ずっと眺めて……」

「もう……」

いい。もういい、と、永田は言うつもりだったが、実際は言葉が出なかった。彼はハンカチで口を押さえて、付き添いの刑務官に片手を挙げた。面会を終えたという合図であった。

「立ちなさい」

刑務官は英喜に言ったが、彼は喋《しゃべ》るのをやめなかった。刑務官が彼を立たせても、鉄網の奥から永田を見つめて喋り続けた。

「あの子を切るのは素晴らしかった。正真正銘ぼくだけの少年になるってことだ。首を切っても、腕を切っても、あの子は泣かない。ぼくを馬鹿にしたりもしないし、逃げようともしないんだ。ぼくはね……あの子の首を抱いて寝たんだ。あの子はとても幸せそうで……」

「行きなさい」

英喜は刑務官に背中を小突かれ、ついには腕を摑《つか》んで連れて行かれた。

それでも彼は永田を見ていた。黒曜石のように光る目で、三日月のように笑った口で、面会室のドアが閉まるまで、首をねじ曲げ、首を伸ばしてこちらを見ていた。

部屋に独りで残されたとき、永田は無様にもその場にくずおれた。

目の前を、耳の周りを、無数の蚊が飛んでいたが、振り払う気力すら残っていなかった。ミスターバラバラ……ミスターバラバラ……頭の中で英喜が笑う。胴体を三つ切りに、首と、手足もバラバラに……。

「なぜなんだ」

冷や汗が目に入り、滲《し》みて涙が頰を伝った。

教えてくれ、なぜなんだ。なぜ人が人に対して、それほどむごい真似ができたんだ。

英喜が放つ静かな毒気が永田の心に染みてくる。巨大なナメクジを呑み込んでしまったかのように、身体の内部がヌルヌルとする。跪《ひざまず》いた足に置いた手に、何匹かの蚊が止まる。耳の近くで羽音が聞こえ、自分の汗が臭う気がする。

俺はあいつに侵蝕《しんしょく》される。

それはあの瞬間に始まったんだ。

金魚鉢に入れられた少年を、美しいと感じてしまったときに。


――昭和七年三月七日朝。東京府南葛飾《かつしか》郡寺島《てらじま》町銘酒屋街の『おはぐろドブ』と呼ばれる溝で、男の胸部が見つかった。子供がドブに下駄を落とし、それを拾ってやろうとした呉服商の男が遺体をみつけ、交番に届け出たものである。

付近を捜索すると、道路を隔てて約十二間先の溝からも、男の首と胴体下部が発見された。どれもハトロン紙に包まれて白の浴衣《ゆかた》地で巻かれたうえ、麻紐《ひも》でぐるぐるに縛られていた。

検死の結果、被害男性は三十歳前後で、死後一週間程度が経過していることがわかった。遺体はノコギリと包丁で切断されたもの。水に浸《つ》かっていたため容貌《ようぼう》は変じていたが、身体的特徴としては八重歯で富士額《ふじびたい》、腰に皮膚病の痕《あと》があった。また、浴衣地を縛っていた麻紐には人毛六本、猫の毛、魚のウロコが付着していた。

捜査本部は寺島署に置かれ、二千人を動員して大がかりな捜査を行ったが、犯人はおろか被害者の身元も割れず、捜査本部は翌月末に解散した――

永田は捜査資料を読んでみた。遺体損壊を伴ぅ殺人事件を『バラバラ殺人』『バラバラ事件』などと呼ぶようになったのは、この事件からだということもわかった。

遺体発見現場の銘酒屋街には、当時バラックで酒を売る店が五百軒ほどもあり、酌婦として約二千人の娼婦《しょうふ》が働いていたらしい。近くには公認の吉原《よしわら》遊郭もあったが、この春に売春防止法が施行されて長い歴史に幕を下ろした。

永田は寺島町へ行ってみた。吉原遊郭をぐるりと囲むおはぐろドブは相応に幅があり、ドロリと濃い水が臭気を発して底が見えない。水深は三尺ほどらしく、当時とあまり変わっていないようにも思う。よどんだ水を見ていると、遊女が産み捨てた嬰児《えいじ》の遺体がたまさか出たというのも頷《うなず》ける。

ドブ際に続く板塀に隙間のような路地があり、左右から突き出た庇《ひさし》が空を覆って昼でも暗い。わずかな空間を奪い合うように赤提灯《ちょうちん》や看板が突き出して、縁台やゴミ箱がだらしなくはみ出し、隙間の地面に子供が遊んだケンケンパーの跡がある。どこからか毛並みの悪い太った猫が現れて、悠々とその線を踏んで行く。

ドブの臭いを吸い込みながら、永田は、自分が生まれる前のここを想った。景観は当時とあまり変わっていないのだろう。昼でも混沌《こんとん》とした隙間に明かりが灯《とも》れば、酒と女と酔客が群がるように湧き出してくる。猫の尻《しり》を目で追いながら、裸の男を解体する犯人の気持ちを考えようとした。

ノコギリで胴体を……そして思わず口を覆った。

ムリだ、俺にはムリだ。とてもじゃないが理解はできない。

寝ても覚めても、のっぺりとした英喜の顔が目に浮かぶ。体内を巨大なナメクジが這《は》い回る。奴の顔には恐怖も罪悪感も感情もない、なのに犯行の話をするときだけは、瞳の奥が炯々《けいけい》と光るのだ。英喜の顔と死んだ少年の顔が交互に現れ、永田の眠りを妨げる。真夜中に奇声を発して飛び起きることもしばしばあるし、そういうときは体中が冷や汗にまみれて、手足が冷たくなっていく。眠りたくて酒に酔っても幻影は去らず、酩酊《めいてい》すれば一晩中悪夢に苛《さいな》まれ続けて、飛び起きることすらできなくなる。

永田は煙草に火を点《つ》けて、思い切り煙を吸い込んだ。肺が痛み、脳が酸欠を起こしてクラクラした。再びドブに近づいて、吸いかけの煙草を水に投げ込む。ジュッと小さな音がして、濃い水に吸い殻が浮かんだ。

「……違うな」

配水管の汚れを溶いたかのような水を睨《にら》んで永田は呟《つぶや》く。

「英喜の事件とは違う」

足下の水の汚さが、永田に閃《ひらめ》きを与えたのだった。こんな水に沈めたならば、英喜のときとは動機が違う。犯人は被害者を憎んでいたのだ。憎んで、だからここに捨てたのだ。英喜とは違う。愛していたのでは、決してない。

ドブは泡を吐きながら空を映して、中身も水底も見せてはくれない。この水にはあらゆる汚物が溶け込んでいるのだろう。

別の煙草に火を点けて、永田はその場を後にした。

「大丈夫か、永田。顔色が悪いぞ」

突然声をかけられて、永田はハッと目をしばたたいた。そして自分が今どこにいるかを思い出さねばならなかった。目の前には年季の入った机があって、書類やノート、吸い殻が山になった灰皿が載っている。声をかけてきたのは老齢の先輩刑事で、大きな目で永田を見つめ、訝《いぶか》しげに首を傾げていた。

「大丈夫ですよ、なんですか」

手近なノートを引き寄せて、中を読まれないよう肘《ひじ》で押さえた。ノートには英喜の事件のメモがびっしりと書き込まれている。

「いや……何もないならいいんだが」

老齢の刑事は柏村という。事件の通報があったとき、一緒にいたのは彼だ。この刑事と現場に行って、床下で遺体を見つけた。彼はいま自分の机を整理して、私物を箱に詰め込んでいる。永田は俯《うつむ》いて髪を掻《か》き上げ、目をしばたたいて立ち上がった。

「手伝いますか？」

老刑事は上目遣いに永田を見ると、唇を歪《ゆが》めて少しだけ笑った。

「いいや、それには及ばんよ。もとより大したものはない」

机に広げた風呂敷《ふろしき》に載せてあるのは、ペンやノート、エンピツに、ちびた消しゴム、ハサミ、輪ゴム、不揃いなビス、メモの切れ端、皺《しわ》だらけのハンカチ、ほかは、なんだかわからないガラクタばかりだ。柏村は引き出しを引っ張り出して埃《ほこり》を払い、雑巾《ぞうきん》で拭《ふ》いて、また戻した。

「親父《おや》っさんがいなくなると寂しいですね」

「心にもないことを言うもんじゃない。私の異動は決まっていたことだし、むしろあんな事件のせいで、ここまで時間が延びたんだから」

次の引き出しを拭きながら、柏村は、

「大丈夫か」

と、また聞いた。

「俺、そんなに顔色悪いですか？」

「悪いね」

離れた席には課長がいて、夕刊を読んでいる。外では子供たちの遊ぶ声がして、電柱に夕日が当たっている。真夏なので日が長く、豆腐屋のラッパが近づいてくる。永田は頭をガリガリ掻いて、老刑事の目は侮れないなと考えた。柏村と組んだのは署に配属されてからの数ヶ月だけで、彼は間もなく他の部署へ異動していく。野上署が英喜の事件を抱えたために、それが一段落するまで残っていたのだ。

「いいか永田。深淵《しんえん》を覗《のぞ》くんじゃないぞ」

風呂敷で私物を包み終え、サッパリした机の上を拭きながら柏村が言う。

「なんですか？　深淵って」

意味がわからず訊《たず》ねると、柏村の眼が永田を捕らえた。

老いたとはいえ、その眼光は言い知れぬ力強さを持っている。取調室でこの目に睨まれた者は、悪事が全て露呈しているのではないかとの不安から饒舌《じょうぜつ》になると聞くが、なるほどね、と永田は思う。

「無用に悪意を掘るなと言っているんだよ。おまえさんはまだ若い。柔軟で純粋な心を持っている。それは悪いことではないが、毒に当たりやすいとも言える。斬り捨てる覚悟は必要だ、いつでもな」

「親父っさん」

「がむしゃらに動けばいい。頭ではなく体を使え。そうすりゃ眠れる。ぐっすりな」

柏村は近寄ってきて肩を叩《たた》いた。それから課長の席へゆき、長いことお世話になりましたと頭を下げた。課長は新聞を畳んで立ち上がり、永田に言った。

「みんなを呼んでこい。親父っさんは今日が最後だ」

「わかりました」

永田は刑事部屋を出て、署内に散らばっている仲間を集めた。

年寄りの刑事が一人部屋を去る。寂しいですねと言ってはみたが、誰でも歳を取れば現役を去るのだ。東京は恐ろしい勢いで人口が増え、犯罪も増えている。柏村のような年寄りが刑事では、足手まといになるだけだ。

俺が毒に当たりやすいって？　どこを見てそんなことを言う？　あの訳知り顔の大きな目で睨まれるのも今日が最後だ。野上警察署には俺がいる。老兵は去ればいい。

永田はそう考えていた。

# 第一章　自首してきた置き引き犯

日が暮れると赤煉瓦《あかれんが》の駅舎がシャンパンゴールドに浮かび上がって、丸《まる》の内側《うち》の駅前広場に、ピンクとブルーの灯が点《とも》る。東京オリンピック開催日までのカウントダウンを告げるモニュメント時計の明かりだ。

向かいのビルから駅を望めば、薄青色の摩天楼に囲まれた東京駅が水晶柱の足下に輝く砂金のように見え、ミスマッチなピンクの光に『今』という一瞬を感じる。今年は冬が随分遅くて、駅周辺の木立では、葉っぱとイルミネーションが同居している。

「うわーぁ、きれい。あぁきれい……本当にきれい、メチャクチャきれい」

新丸の内ビルのテラスから駅を眺めて、堀北恵平《ほりきたけっぺい》はため息をついた。ホットコーヒーのカップで両手を温め、一口飲んで、息を吐く。息は白く闇に浮かんで、風にほどけて消えていく。

堀北恵平は二十二歳。男のような名前だが、警察学校初任科課程を修了後、丸《まる》の内《うち》西署《にし》で研修中の『女性警察官の卵』である。配属当初は東京駅おもて交番でお巡りさんをしていたが、地域課研修が終わった今は、同署の刑事課で鑑識の研修中だ。

鑑識官の勤務形態は午前八時三十分から午後五時十五分までなので、普通に業務を終えた日は東京駅までやって来て、向かいのビルから駅舎を眺めるのが楽しい。この場所に百年以上も立ち続け、往事の姿を取り戻した東京駅は、いつまでだって眺めていられる。世界中のどこを探しても、こんなにきれいな駅はないんじゃないかとさえ思う。世界中どころか日本の駅すら全て知っているわけではないけれど。

平日のクリスマスイブ。あちらこちらに巨大なツリーが飾られて、街路樹はダイヤモンドのように輝いて、街中がテーマパークになったかのようだ。互いの体で温まりながら、恋人たちがそのなかを行く。

「いいなあ。素敵だなあ」

初めて迎える東京駅の年末は、どの街のどの時よりも華やかで煌《きら》びやかなものだった。生まれ育った信州《しんしゅう》の、山間《やまあい》の村の年の瀬は、雪かきに大掃除、干し柿を取り込んで白菜と大根と野沢菜を漬け、注連縄《しめ》作りに餅《もち》つきと、新年を迎える準備が慌ただしくて、隙間にほんの少しだけクリスマスが挟まっていた。実家のツリーは枝のまばらな生の木で、オーナメントもほぼ手作りで、アルプス乙女と呼ばれる小さいリンゴや、折り紙で作ったサンタさん、七夕のような短冊にプレゼントのリクエストを書いていた。その頃のことを思い出し、恵平はちょっと笑ってしまう。

ケーキは村の農協で、取り寄せ用のカタログからお母さんが選んだ気がする。両親が診療所をやっていることもあり、サンタではなく患者さんからプレゼントが届いた。豆腐屋のお婆ちゃんが縫ってくれたポシェットや、おやき屋のおばさんが編んでくれた靴下や、あとは長靴に入ったお菓子、地場産品の開発で試作したドライフラワー、木の実で作った人形なんてのもあったっけ。それはそれで嬉《うれ》しかったけど……。

「なんか違うと思ってたのよね」

恵平は呟《つぶや》いた。

憧《あこが》れていたのは、こういう都会のクリスマスだ。着飾って街に出て、夜景の見えるレストランで食事して、お洒落《しゃれ》で小さな贈り物を交換する。贈り物は箱に入っていて、ツヤツヤのリボンが結ばれている。それをくれるのはサンタじゃなくて。

そこで妄想は潰《つい》えてしまった。恵平にはそんな相手がいない。東京駅おもて交番勤務の伊倉《いくら》巡査部長や洞田《どうだ》巡査長のように、家族でクリスマスを祝うあてもない。

「メリークリスマス」

駅舎に向かってカップを挙げる。

十二月の東京は宝石みたいだ。美しい夢の国。様々な光の夜を見ていると、不幸な人など一人も住んでいないと思えてしまう。

恵平はコーヒーを飲み干して、夕食をとるためテラスを下りた。

丸の内西署へ配属されてから、恵平がずっとお気に入りにしている店がある。

東京駅から神田《かんだ》方面へ駅舎に沿って進んで行くと、現代的な建物が途切れた先に昭和レトロなガード下が現れる。歩道は四角いピンコロ石で、壁は古びた赤煉瓦。高架橋の支柱と軀体《くたい》の間が通路になって、そこに小さな店が連なっている。日中はラーメン屋くらいしか営業していないが、仕事帰りのサラリーマンが湧き出す頃には、ビールケースの椅子や簡易テーブルが通路に並んで、様々な食べ物が香り、活気に溢《あふ》れる。そこに『ダミちゃん』という焼き鳥屋があって、ダミ声の店主が鶏を焼いている。恵平が好きなのはその店だ。

焼き鳥以外では、食べやすくてほっこり美味《おい》しい惣菜《そうざい》がメインの居酒屋だけど、ごはんを頼めば定食や丼物を、食欲がないと言えば雑炊などを出してくれる。なにかとメンタルにくる仕事の合間にダミちゃんで摂取する栄養と温かさが、恵平のエネルギー源である。

暖簾《のれん》の下から鶏を焼く煙が溢れ出し、通路の席はコートを着込んだサラリーマンで埋まっていた。忘年会シーズンだし、仕方がないかな、座れる席はあるだろうかと思いつつ、酔客の脇を通って暖簾を上げると、狭い店内は満杯だった。

「はい、いらっしゃい！」

威勢のいい声がして、焼き台の奥でダミさんが微笑む。

「座れそう？」

申し訳なさそうに訊《たず》ねると、

「クリスマスイブに一人かい」

と、ダミさんが首を傾げた。

「うん。独り」

「ちょっと待ってな」

カウンターの客たちに「あいすみません」と声をかけ、わずかずつ椅子の隙間を詰めてもらう。一渡り椅子がズレてしまうと、カウンターのどん突きに一人分のスペースが空いた。

「すみません、ありがとうございます」

酔客たちに礼を言い、恵平はカウンターの一番奥に座った。片側が壁で、前がカウンター、後ろはレジ台の棚裏という特等席だ。座ったら最後、隣の人によけてもらわないと出られないのでいつも空いている。ただしその場所に辿《たど》り着くには、強靭《きょうじん》な図々しさか、さもなくばダミさんの協力が必要なのだ。

スレンダーな恵平が隙間の席に収まった途端、目の前に箸《はし》とおしぼりとお通しが並んだ。今夜のお通しはマグロ納豆で、角切りの赤身に納豆とネギ、うずらの卵が載っている。

「わ、美味しそう」

「いいマグロが入ったからね。ビールでいいかい？　熱燗《あつかん》にする？」

恵平は少し考えて、

「熱燗ください」

と、ダミさんに言った。つい最近までは冷えたビールが美味しかったけど、しみじみと熱燗を飲みたい季節になった。お通しも、どちらかといえば熱燗向きだ。

「はいよ」

軽快に答えてダミさんは、炭の上で焼き鳥をひっくり返す。

「あとボンジリとハツ、それからごはん」

「はいよーっ」

ダミさんは答えて奥の厨房《ちゅうぼう》へ向き、

「カウンターにごはんーっ！」

と叫んだ。お客さんたちの喧騒《けんそう》は止まず、空間に声がひしめいている。恵平は箸を取り、マグロ納豆に載せられた卵を崩した。黄身が納豆とネギにしみていき、赤身のマグロに絡みつく。一切れ口に運んだところで目の前にお猪口《ちょこ》が現れ、ダミさんが一杯目をお酌してくれた。キュッと飲むと熱燗が喉《のど》を焼き、マグロの旨みが広がった。

「あーっ」

「旨いかい？」

「もう最高！」

うら若い乙女の仕草ではないなと思いつつ、恵平は幸せだった。過酷な業務を終えたあと、この店のこの席で、ダミさんの料理を食べるのが至福だ。

ダミさんはほどよく焼けた鶏を皿に盛り、別のお客へ届けに行った。恵平はもう一杯熱燗を注ぎ、今度はゆっくり味わった。緊張と疲れがほどけていく。こうやって、都会の人になっていくのかもしれない。

「どうだい、年末の仕事はさ、忙しいかい？　正月は？　休み、とれるの？」

焼き台に次の串《くし》を並べながらダミさんが聞く。

「お正月休みは交替で。私は七日から休みをもらうよ」

「郷里の長野へ帰るのかい？」

「この時期は帰っても雪ばっかりだし……代わりにお母さんが遊びに来るって」

「へえ、そりゃよかったな」

「東京駅を案内しなくちゃ。ここへも食べに連れてくる」

　ダミさんはニコリと笑った。

「そうかい？　じゃ、楽しみにしてるよ」

　話をするうちに串が焼け、恵平が熱燗を飲み終わる頃を見計らってごはんが出てきた。白いごはんに豚汁と漬物と、小鉢に入ったひじきの煮付け。

「はいよ、これ。ケッペーちゃんにクリスマスプレゼントだ」

　ダミさんはそう言って、大きめの小鉢をカウンターに載せた。うずらではなく鶏卵が載ったマグロ納豆。たっぷりの刻みネギと焼き海苔《のり》付きだ。

「うわあぁあぁあ……おいしそうーっ」

「だろ？　お通しでごはん食べたかったんだろ。いじましくも残してあるもんな」

「ひゃー、いいの？　メチャクチャ嬉《うれ》しいーっ！」

　恵平は即座に小鉢を引き寄せた。何もかもお見通しなのだ。ダミさんには敵《かな》わない。

感謝しながら熱々のごはんを食べる。

年の瀬が差し迫る丸の内西署管内は、スリや置き引き、酔客のトラブル、空き巣にケンカ、特殊詐欺、そして放火が増えていた。鑑識官として実地訓練中の恵平は様々な証拠品の検証だけでなく、現場で捜査も学んでいる。

まだ即戦力にはなれなくて、余所《よそ》の署で講習プログラムを受けることもある。つい先日も、板橋区の警察施設で同期と話した。彼女は、年末は孤独死の現場へ入ることが増えるから覚悟しておけと言われたという。ひとつには離れて暮らす家族が帰省してご遺体を発見すること。もうひとつは屋外で見られる凍死や病死で、これがけっこう多いのだ。

都内には、ネットカフェや深夜営業の店で夜を過ごして、そこから職場へ通っている人たちが推定数千人以上もいるという。ギリギリでその日暮らしを維持する人は、年末年始休みがあると収入が減って、店への支払いができなくなる。同期が遭遇した変死者はそうした一人だといい、持ち物も相応で身だしなみも整っているため貧困に喘《あえ》ぐようには見えなかったが、公園のカタツムリ形滑り台の穴に入って亡くなっていた。病死で、インフルエンザだったのではないかと。追跡調査してみると、その人物は週に何日か近隣のネットカフェに滞在していたが、ある晩トイレに上着を忘れて財布をなくし、翌朝店を出たままになっていたそうだ。

彼らはギリギリでやりくりをしている。不幸にもなけなしの現金を失えば、即座に路頭に迷ってしまう。

ごはん茶碗《ちゃわん》を覗《のぞ》き込み、張り付いているお米を一粒ずつ取った。焼き鳥の煙にまみれて、あたたかい店内で、飛び交う笑い声に包まれてごはんを食べる。これが幸せでなくてなんだろう。同時に別のことも考える。煌《きら》びやかな街に住む人すべてが、煌びやかな生活をしているわけではないということを。

東京駅周辺にはホームレスの人たちがいる。寒さ厳しい年の瀬を、彼らはどうやり過ごすのか。ごはん粒を咀嚼《そしゃく》しながら、恵平は、ダイヤモンドのような街に住む、行き場のない人たちのことを考えた。

食事を終えると、熱燗で温まった身体で外に出た。通路ではコートの人たちがまだお酒を飲んでいて、居並ぶ店舗から湯気や匂いや笑い声が溢《あふ》れてくる。高架下から空を望めば、建物に切り取られた藍色《あいいろ》の空間に星らしきものが瞬いていた。

カウントダウンの時計を見ると、時刻はまだ八時前だった。年末年始の警察官が多忙を極めるのは終電前後で、その頃警察のお世話になる人たちが、今は飲み屋でトラブルの元をチャージしている。駅前広場にはたくさんの人がいて、スマホで夜景の写真を撮ったり、待ち合わせ相手を待っている。ケーキやプレゼントの包みを抱えて家路を急ぐのはにわか仕立てのサンタクロースだ。ステーションホテルのドアボーイも心なしかめかし込んで見え、内部の明かりが漏れ出して、クリスマスディナーを味わう人の楽しい気配がするようだ。

丸の内南口を通り過ぎて東京駅おもて交番の前を通ると、先輩の山川《やまかわ》巡査に何度も頭を下げる人がいた。寒いのにドアは開けてあり、奥に伊倉巡査部長が立っている。恵平は交番へ寄ってみることにした。

「こんばんは。お疲れ様です」

声を掛けると、

「おう。堀北」

と、山川が言った。ペコペコしていた人は駅へ向かった後だった。

「さっきの人……何かあったんですか？」

訊《たず》ねると、山川ではなく伊倉が答えた。

「トイレに財布を置いたまま、うっかり出てきてしまったんだとさ。慌てて取りに戻ったら、もうなかったと」

「盗《と》られたんですね？」

「誰かが届けてくれたかもしれないと、交番へ来てみたそうなんだけど――」

首をすくめて山川が言う。

「――現金は抜かれている場合が多いんだよね。善意の第三者が見つけるのは、大抵の場合、財布だけだよ」

「何度も頭を下げてましたけど」

山川と伊倉は顔を見合わせた。

「電車賃もないというから、伊倉巡査部長が三千円貸したんだ」

「ああ、それで……」

恵平は、その人が去った方を見た。

「ちゃんと返しに来るかしら」

「来るだろうよ。いつになるかわからないがね」

伊倉が笑う。

「赤の他人に金を貸すのは、良心に投資するのと同じだ」

「……カッコいい……伊倉巡査部長」

本心から言うと、伊倉は苦笑して話題を変えた。

「堀北。今夜はクリスマスイブだぞ」

「はい」

「なのに今夜も東京駅巡りか？　どれだけ駅が好きなんだ」

大好きなので、言われて悪い気はしなかった。

「どれだけって、もう最高に。新丸ビルから駅を眺めて、ダミちゃんでご飯を食べて、マグロ納豆をプレゼントしてもらったので、クリスマスを満喫できました。伊倉巡査部長こそ、お子さんたちにプレゼント買いましたか？」

「うちのはもうお子さんじゃないよ。欲しいものがあれば自分で買うさ」

そう言って、伊倉は奥へ入って行った。残された山川が丸っこい身体を猫背にして、視線で恵平を呼び寄せる。近寄ると内緒話をするように、

「ぼくは買ったよ。彼女におねだりされたやつ」

と、教えてくれた。

「何を買ったんですか？」

「ボヘムとかいうブランドのピアス。天然石に真珠がついた」

「いくらしたんですか？」

山川はドヤ顔をした。

「三万円超」

「本気の値段じゃないですか」

伊倉巡査部長が顔を上げ、

「何が本気だ」

と、恵平に訊《き》いた。

「山川先輩が彼女」「シッ」山川は恵平を叱り、

「職務に本気だと言ったんですよ」

首を伸ばして伊倉に告げた。

「そうか。なら、そろそろ警邏《けいら》に行ってこい」

伊倉は山川に命令した。

「承知しました」

堀北またなと山川は言って、準備のために交番の奥へ入って行く。

「では、お先に失礼します」

恵平は礼儀正しく頭を下げて、東京駅おもて交番を後にした。

もう少しだけクリスマス気分に浸っていたくて、地下道ではなく地上を選んだ。

通りに沿って歩いて行くと、はとバス乗り場を過ぎたあたりで、ハンチング帽を目深にかぶり、やや腰の曲がった小さい人が、しょぼくれた男性とベンチに座っているのが見えた。東京駅界隈《かいわい》には、ねぐらにしている場所で呼ばれるホームレスが多いのだが、ハンチング帽と小柄な体軀《たいく》のその人はホームレスではなく、駅前で靴磨きをしている『ペイさん』のようだった。靴を磨いてペイ（支払い）を求めることからきた通り名だ。二人は小さいスーツケースを前に置き、何事か深刻そうに話している。

恵平は小走りになってそちらへ向かった。

街灯とビルの明かりで、二人の姿はよく見える。近づけばやはりペイさんで、いつもより少しだけ赤い顔をしていた。鼻の頭と目の周りが特に赤いので、酔っているのかもしれない。連れの男は見かけない顔の老人で、湯気の立つワンカップの日本酒を両手に持って座っていた。

「ペイさん」

呼びかけるとペイさんは顔を上げ、

「あれ、ケッペーちゃん」

犬歯の抜けた顔で笑った。

「ペイさんメリークリスマス。こんな時間にどうしたの？　……こんばんは」

連れの老人にも頭を下げる。

作業着姿の老人は、眠そうで悲しそうな顔をしていた。

「どうしたっていうか。ちょうど、おもて交番へ行こうとしているとこだったんだよね。ああ、でもケッペーちゃん、今は交番じゃなくって署のほうにいるんだったね」

恵平は現在、丸の内西署の刑事課で鑑識研修中である。

「おもて交番に何か用？　あ、何か無くした？　財布とか……え、まさか具合悪いの？」

「うにゃうにゃ、そうじゃないんだよ」

ペイさんはそう言って、隣に座る老人の肩を叩《たた》いた。

「紹介するねぇ、この人は──」

それからニカッと相好を崩し、

「──名前はさぁ、交番で聞いてやって欲しいんだよね」

と、言った。

「おいちゃんは知らないんだよ。今日会ったばっかりだからさ」

「どういうこと？」

老人は上目遣いに恵平を見ている。追い詰められた小動物のような目だ。着ている作業着はサイズが合わず、ぶかぶかで、その下にセーターを着て、指先を切った軍手をしている。ピカピカの安全靴を履き、脂っこい髪は伸びていて、無精ひげは白く、肌の色はどす黒い。ペイさんは、今度は老人に向かって言った。

「ケッペーちゃんはお巡りさんの卵なんだよ。クリスマスだし神さまが……や。サンタさんが、かな？　粋《いき》な計らいをしてくれたんだと思うよねえ？　ケッペーちゃんに交番へ連れて行ってもらうといいよ」

ペイさんは立ち上がり、「お願いね」と、恵平を見た。

「この人、置き引き犯だって。駅前をウロウロしてるの見かけてね、おいちゃんが声掛けて、靴を磨いてあげたんだよ。クリスマスだからね、ペイはもらわず」

ペイさんはまたもニカッと笑う。

だから靴がピカピカなのだ。老人が暖を取っているワンカップも、ペイさんのプレゼントかもしれない。

「郷里が東北だって言うからさ、なんだか馬が合っちゃって、ここでいろいろ話をね。でも、そろそろ行こうかって話していたところなんだよ」

ペイさんと老人の吐く息が、白く浮かんで消えていく。いくら暖冬だと言ってはみても、お日様が沈めば寒さは厳しい。

「置き引き犯」

訊くと老人は頷《うなず》いて、スーツケースを視線で示した。

「そのスーツケースは、あなたのものじゃないってことですか」

老人はまたも頷く。

「ホテルのへんの植え込みからね、黙って持ってきちゃったんだって。おもて交番へ自首したくても、あすこはいっつも混んでてさ、タイミングがね、なかなかね」

手のひらをグーに握って、老人は恵平に突き出した。

「んーっと、あの……ええと……」

恵平はどうしていいかわからない。しどろもどろになりながら、いや、これじゃマズいと思った。いい気分に酔っ払っている場合ではない。熱燗《あつかん》の酔いを覚まそうと、冷たい空気を胸いっぱいに吸い込んでから、姿勢を正して咳払《せきばら》いする。

「わかりました。それじゃ一緒に交番へ行きましょう。ペイさんも」

「おいちゃんもかい？　おいちゃんはもう家へ帰るよ」

「そんなこと言わないで。事情を聞かなきゃならないし、書類だって書かなきゃならないんだから」

「事情はもう話したよ。作業着姿で、旅行用の荷物を持って、駅前広場をウロウロ、ウロウロ。そんな様子を見てたらさ、何かあるなと思うだろ？　だから、ちょいと声を掛けてね、靴を磨きながら荷物を取ってきちゃった話を聞いて、なら交番へ行きなさいよって、ここで話して、それでおしまい」

ベンチの脇には靴磨きの商売道具が置いてある。ペイさんは立ち上がり、靴台と丸椅子を持って恵平を見た。

「おいちゃんは帰らなきゃ。遅くなっちゃったから婆さんが心配してると思うんだよね。そいじゃね、ケッペーちゃん、後はよろしく」

恵平は情けない顔で「えぇー」と言った。

「それならペイさん、明日《あした》、話を聞きに行かせて。私じゃなくて伊倉巡査部長か、洞田巡査長か、山川巡査が行くかもだけど」

「おいちゃんはケッペーちゃんがいいんだけどね、仕方がないね」

そう言ってペイさんが踵《きびす》を返すと、おもむろに老人が立ち上がった。

「あの……」

彼はワンカップをベンチに置くと、腰を折り曲げるようにして、深々とペイさんに頭を下げた。

「風邪ひくんじゃないよ」

ペイさんは老人に笑いかけ、恵平に頷いてから、千鳥足で有楽町《ゆうらくちょう》のほうへ消えていった。

恵平はおもて交番へ電話を掛けた。伊倉巡査部長に事情を話し、これから老人と一緒にスーツケースを届けに行くと伝えたのだ。念の為に確かめてみたが、荷物を紛失したという届け出はまだないとのことだった。

「独りで大丈夫か？」

伊倉は訊《たず》ねたが、山川が警邏《けいら》に出たのを知っていたので大丈夫ですと答えた。

「もともと自首するつもりだったようですし」

そうか、なら気をつけてこいと、伊倉は言った。

顔を出したばかりの交番へ、恵平はまた戻る。置き引きされたスーツケースは小さいわりに重かったので、取っ手にハンカチを巻いて恵平が引いた。老人はワンカップの日本酒を両手で握り、トボトボと斜め前を歩いて行く。中身がすっかり冷めてしまって、もう湯気が立っていない。全体的に色のない服装のなかで、ペイさんが磨いた靴だけが、街の明かりを反射してエナメルみたいに光っていた。

「お酒、飲まないんですか？」

訊ねると、老人は振り向いて「はあ」と笑った。

「私は根っから下戸《げこ》なんです」

「お酒がダメな体質ですか？」

はいそうですと彼が言う。

「身体が温まるからと、あの人が買ってくれたんですが、親切にして頂いて、断り切れずに」

「ペイさんは飲んでませんでしたか？」

「飲んでましたね。でも、すぐに酔っ払って、歩けなくなってしまって」

「だからベンチに座ってた？」

「はい」

老人は首をすくめた。

「大丈夫かしら」

振り返ったが、小さくて丸っこいペイさんの後ろ姿はもう見えない。ペイさんが靴磨きをしているのは東京駅の丸の内側で、それなのに、どうしてこんな場所にいたのだろうと、恵平は不思議に思う。

「駅と交番はすぐ近くなのに……ペイさんとはそこで会ったんですよね？　なら、どうしてこんなところまで……」

「はあ」

老人は申し訳なさそうに肩を落とした。

「自首する決心がつくまで待ってくれたんだと思います。駅の周りをグルグル歩いて、話を聞いてくれたというか……随分と久しぶりでした」

「久しぶりって？」

「他人と言葉を交わすのが、ですよ」

黄色い歯を見せる。

ペイさんは不思議な人だ。丸の内側の路上に丸椅子と靴台を置いて靴磨きをしているのだが、その腕前は奇跡のようで、くたびれた革靴も、恵平たちが履く官給の靴も、新品の頃よりきれいにしてしまう。ペイさんが磨くと靴は柔らかく履き心地がよくなって、さらに長持ちするともいわれる。同じ場所で七十年近くも商売をしているからこそ、駅の路上で店を出せる唯一の職人なのだ。あの場所に百年以上立つ東京駅の、七十年分を知っていると思うと、恵平はただただ尊敬してしまう。

酔客で溢《あふ》れる東京駅の表側とは違い、オフィスビルが建ち並ぶこのあたりは静かな雰囲気が漂っていて、スーツケースが立てるガラガラという音が恥ずかしい。

「どうして盗もうと思ったんですか？」

ケースはシルバーの地味なデザインで、シールも貼られていなければ、ホテルのタグも付いていない。新品のようだし、持ち主は困惑しているだろう。

「いつ盗んだんですか？」

重ねて訊《き》くと、老人は答えた。

「すみません。今朝早くです」

「早くって」

「朝の六時くらいです。五時まで工事現場で働いていたので」

「はとバスツアーの人かしら？　ホテルの近くにあったんですよね」

「植え込みに隠してありました。その場を離れる間だけ、ちょっと隠しておいたのでしょう」

「中身は何ですか？　パスポートとか入ってましたか」

「中身は、開けて、見てません」

「え。どうして？」

恵平が一瞬だけ足を止めると、老人は悲しそうな顔で笑った。

「そんなことをするのは浅ましいですから」

言っている意味がわからない。眉《まゆ》をひそめて、また歩き出す。

「今朝で工事が終了しまして、仕事も終わってしまったんです。オリンピック特需で、どこも人手は欲しいでしょう。だけど、年末ですからね」

ますます意味がわからない。冷めたワンカップを弄《もてあそ》びながら、老人は空を仰いだ。青白くそそり立つ摩天楼の光で星は見えない。

「これをなくした人は、ものすごーく困ってますよ、今頃、きっと」

「申し訳ないことをしました」

老人は恐縮して頭を下げた。

本籍地は秋田県で住民票は板橋区にあるけれど、板橋区に住んでいたのは、もう十年以上も昔なのだと、東京駅おもて交番で老人は語った。現在は住所不定の無職で年齢は七十二歳。畠山欣吾《はたけやまきんご》という名前だそうだ。

「置き引きの前科があるね」

畠山老人の話を聞いた伊倉は、情報をパソコンで調べてすぐ言った。

恵平もそばにいて、次々に届く通報の処理を手伝っている。年末の管内は、夜が更けるにつれて忙しくなり、路上で寝ている人の通報がひっきりなしに入ってくる。相応の人数が動員されてパトロールをしているが、終電を過ぎると通報はさらに増え、あっちの酔っ払いからこっちの酔っ払いへと翻弄《ほんろう》される。酔っ払いが階段から落ちたとか、路上で車と接触したとか、柱に当たって流血したとか、救急車の要請も頻繁になる。年末年始の東京は、置き引きやスリの常習犯にとって豊漁を約束された漁場のようだ。スーツケースを床に置き、畠山老人は大人しく事情聴取を受けている。

「去年もちょうど今頃だったね？　酔っ払いの鞄《かばん》を盗んで自首してきたのは。その前の年も今頃で、しばらく留置されてるね」

静かな声で伊倉が言うので、恵平は驚いた。

「え、どうしてですか？　前も自首してきてるのに、どうしてまた置き引きを？」

訊ねると老人は恐縮して頭を掻《か》いた。そのまま俯《うつむ》いてワンカップを見ている。

「横領罪は一年以下の懲役もしくは十万円以下の罰金だけど、度々繰り返すようだと、今度は窃盗罪が適用されて、十年以下の懲役または五十万円以下の罰金になるよ。なあ、親父さんさぁ」

伊倉は老人の顔を覗《のぞ》き込むようにして言った。

「留置場は年末ホテルじゃないんだからさ？」

「申し訳ありません、ほんとうに、申しわけ……」

老人は何度も頭を下げる。

「しょうがないなあ……」

伊倉はため息を吐きながら、

「堀北。署へ電話して、親父さんの身柄を引き取りに来てもらってくれ」

と恵平に言った。恵平は丸の内西署へ電話を掛けた。

「なんだ、ケッペー？　なんでおまえが電話してきてんだよ。鑑識は定時で上がったはずじゃ」

恵平の声を聞くなり当番勤務の刑事が言った。彼は名を平野《ひらの》腎臓《じんぞう》といい、署では駆け出し刑事の扱いだが、警察官の卵でしかない恵平にとっては仰ぎ見る立場の先輩である。

「そうなんですけど、その後にいろいろあって、置き引きのお爺《じい》さんが自首するのに付き合ったんです。今は東京駅おもて交番にいるんですけど、伊倉巡査部長が身柄を引き取りに来て欲しいって。みんな出払っていて、てんてこ舞いなんです」

「年末だからな。こっちだっててんてこ舞いだ。ったく、毎年毎年……留置場も保護室も、酔っ払いの宿泊施設じゃねえっつーの」

「酔っ払いじゃないですよ、このお爺さんは下戸なんです」

「そういう話をしてんじゃねえだろ」

平野はチッと舌打ちをした。

「いいです。それなら私が署まで連れて行きますから」

電話を切ろうとすると、「待てよ」と言う。

「あーったく……しょうがねえなあ。すぐに行くから待たせとけ」

そして電話を切られてしまった。

「平野先輩が手配してくれるみたいです」

「おう」

報告を受けながら、伊倉はスーツケースを見下ろして立つ。中身を確認しなければ持ち主の手がかりが得られないからだ。恵平も伊倉の隣へ移動した。ケースにはダイヤル式の錠があったが、ロックナンバーを設定していないかのように、数字はすべてゼロだった。伊倉がケースを倒して置くと、ゴトンと鈍い音がした。

「む」

と伊倉が眉をひそめる。

「どうかしましたか？」

「いや……」

手のひらをかざしつつ、ケースの周囲を確認していく。凹《へこ》みやキズはどこにもなくて、汚れているのはキャスターだけだ。伊倉は取っ手を握ってケースを揺らし、重心や重みを確かめた。運んで来る間も、大きさのわりに重いと思ったが、重心までは確認しなかった。隠すようにして植え込みに置かれていたという老人の言葉が蘇《よみがえ》る。

まさか爆発物ということは？　恵平は老人を庇《かば》って前に出た。伊倉がリフトレバーを引っ張ると、カチッと音がしたけれど、爆発の気配はない。

「ん？　なんだ、堀北」

仁王立ちする恵平を見上げて伊倉が訊いた。

「え、いえ、あの——」

思わず苦笑してしまう。

「——爆弾だったら危ないと思って」

尤《もっと》も、本物の爆弾だったら、恵平が庇った程度で助かるはずもないのだが。

「ばか、テレビの見過ぎだ、本を読め」

その瞬間に老人を庇った恵平に、伊倉はそう言って眉尻《まゆじり》を下げた。

老人は行儀よく椅子に掛けたまま、まだワンカップを握っている。こぼれた酒が軍手に染みて、日本酒の香りが漂ってくる。恵平が脇へよけるのを待って、伊倉はぐるりとジッパーを引き、ケースの蓋《ふた》を持ち上げた。

「ん？」

隙間にしわしわのビニールが見え、生臭さが漂った。

「なんですか？」

今度は恵平が訊《き》く番だった。

伊倉が蓋をバタンと開ける。スーツケースの中身と思《おぼ》しき着替えや書類やポーチなどはなく、分厚いビニール袋にくるまれた生肉の塊らしきものが現れた。内側についた脂と汚れでビニールが曇り、尋常ではない気配がしている。それに、この臭い。

恵平の心臓はバクンと跳ね、伊倉は立ち上がって老人を見下ろした。椅子に掛けたまま、老人はすがるような顔で伊倉を見上げた。

「知りません」

と彼が訴えたので、同じ可能性を考えているのだと恵平は思った。

「私は蓋を開けてもいないし、ただ、植え込みにあったのを持って来ただけです」

ビニールの内部は濡《ぬ》れている。目を凝らせば薄桃色の肉片と、肝臓のような暗紅色と、黄色く変色しかかった脂肪、男性の乳首と、体毛らしき影が見てとれる。

「これをどこで手に入れたって？」

「呉服橋《ごふくばし》通りの植え込みで」

「そのとき周囲に人はいなかったのか？」

「誰もいません。誰かいたなら、盗りません」

「堀北、爺さんを奥へ連れてくぞ」

伊倉は再びケースを閉じると、それを持ってバックヤードへ移動した。

恵平も老人を立たせ、外から見えない奥へ連れて行く。

「本当だ。お巡りさん、本当なんです。置いてあるのを持ってきてしまっただけなんです。日雇いだから年末年始は仕事がないし、寒くて外にはおれないし、だから留置場に置いてもらおうと、それで盗んだだけなんです」

「お爺さん、大丈夫ですから落ち着いて。詳しいお話は署で聞きますから」

ずっと手に持っていたワンカップの酒を、震えながら老人は飲んだ。その時だった。

「お疲れ様です！」

表で威勢のいい声がして、平野が交番へ駆け込んできた。

「あれ？　堀北は？　おーい」

「こっちだ」

伊倉が呼ぶとバックヤードに顔を出す。冬だというのにコートも羽織らず、いつもどおりのスーツ姿。さっさと署へ戻るぞと、言わずとも顔に書いてある。

「平野……ちょっと見てくれ」

伊倉はテーブルの上に指定ゴミ袋を破いて広げ、その上にスーツケースを持ち上げた。ドスンと重い音がして、恵平は首をすくめる。老人は顔を背けてしまった。

さっきと違って慎重になり、伊倉は白い手袋を両手にはめた。

「よっ」

何も知らない平野は恵平に目を向けて、

「被疑者を引き取りに来たんですけど」

伊倉の隣に歩み寄る。スーツのポケットに手を入れて、面倒くさそうにこう言った。

「あー、それですね、爺さんが盗んだっていうブツは」

「そうだが、ちょっと問題があってな」

バックヤードは食事や休憩を取る場所だ。奥に仮眠室もあり、コンパクトながら機能的にできている。伊倉は書類を書くときに使う卓上ライトを引き寄せて、スーツケースに光を当てた。

「……なんすか？」

訝《いぶか》しそうに平野が訊《たず》ねる。答えを求めて恵平を見たが、答えようがない。恵平はキュッと唇を結んだ。

「親父さんは中身を知らなかったようだがな、中に生ものが入っているんだ」

「ナマモノーぅ？」

恵平は思わず老人の腕を摑《つか》んだ。怖かったからではなくて、もう一度中身を見たら、老人が逃げ出すのではないかと思ったからだ。いや、本当は怖いのかもしれないが。

「紛失届が出されなかった理由はこれだ。ダイヤルの数字はゼロで、鍵《かぎ》は掛かっていなかった。このためだけに買ったのかもな」

再びスーツケースのジッパーを引く。

平野は笑いを引っ込めた。ライトがケースに当たるよう調整し、伊倉が蓋を広げるのを待った。汚れてしわしわのビニール袋にくるんだ何かが、内部にみっちり詰まっている。

「マジかよ……」

と平野が小さく唸《うな》る。吐瀉《としゃ》物の臭いもするし、食用肉でないのは明らかだ。恵平はカメラを探したが、手を放した途端、老人に逃げられてしまう気がしてできなかった。

手袋をはめた手で、伊倉がビニールを引っ張り上げる。

「ひいい」

老人はついに腰を抜かした。

分厚いビニール袋は、巾着状《きんちゃく》に閉じた口を結束バンドで締められていた。皺《しわ》が伸びたことで内部が透けて、見えたのはやはり人体で、鎖骨から上と、胸部から下がない。

平野はポカンと口を開け、伊倉は両目を見開いた。

「まさか……本物……なんですか？」

うわずった声で恵平が訊く。誰も、何も答えてくれない。

伊倉は目をしばたたき、そしてゆっくり袋を放した。切断面はとてもきれいで、溶け出した組織から体液が出て、内部にたまっているようだった。乳房はなく、胸毛があるからやはり男性だ。一部変色しかかっていて、切断面に細かな肉片がこびりついていた。胸椎《きょうつい》の断面は真っ平らで、頸椎《けいつい》の断面も同じであった。内臓は一部が流れ出ていたが、部位には切断の痕跡《こんせき》があった。誰が、なぜ、こんなことを。

「許して下さい。ホントに知らなかったんです。私は、ほんとに……」

老人は床に尻餅《しりもち》をついたまま、ガタガタと震え出していた。


即座に鑑識チームが召喚された。

スーツケースは丸の内西署に運ばれて、恵平も署に戻り、制服に着替えて捜査に加わった。畠山老人の身柄は平野に渡され、別の部屋で詳しく事情を聞かれている。酷《ひど》いショックを受けたようなので、警視庁健康管理本部の臨床心理士が呼ばれて取り調べに加わっていた。普段は警察官の心理ケアを手がけているが、年末はどの部署のどの警察官も、応援に駆り出されている。

遺体は刑事課が調べたあと、大学の法医学教室へ運ばれていった。

「可能な限り指紋を採ってくれ。あらゆる場所から」

丸の内西署の鑑識部屋で課長が言った。ベテラン鑑識官の伊藤《いとう》などは、家へ着いた途端にまた呼び戻されてきたのであった。スーツケースはすでに作業台に載せられて、内張や金具にいたるまで、素材を選ばず指紋の採取と、微物の収拾が始まっていた。鑑識課に来てしばらく経ったので、恵平も猫の手ぐらいの役には立てる。

強いライトを当てながら、虫眼鏡で全体を見ていく。ビニール袋の外側に付着していたものがスーツケースの内部を汚して、様々な微物が採取された。錆《さ》び、鳩の羽毛、動物の毛、埃《ほこり》、何かの糞《ふん》、塗料片などだ。それらはすべて番号を振って写真に撮られ、同じ番号のビニール袋に入れて保存され、分析に回される。

一方、どんな指紋がどこに付着し、それが誰のものなのか、繊細で緻密《ちみつ》な作業はベテランの伊藤に任された。採取した指紋は、畠山老人はじめペイさんや恵平や伊倉など、触れた人物の指紋を照合して除外していくのだが、指紋を採れる畠山老人や、すでに指紋が登録されている恵平や伊倉は別にして、ペイさんの指紋は、お願いして提出してもらわなければならない。その役は恵平に割り当てられた。

「犯人の指紋は出ねえかもしれねえなあ」

黙々と作業しながら、独り言のように伊藤が呟《つぶや》く。

「どうしてですか？」

恵平が訊《き》くと、伊藤は眉間《みけん》に深く皺を刻んだ。

「いいか？　遺体を入れてたビニール袋の……」

袋の口をキュッと閉じる真似をする。袋は遺体ごと法医学教室へ運ばれていった後である。ここにはない袋の口を、指で示して伊藤は続ける。

「この部分からは指紋が出なかったろ？」

この部分とは、口を閉じるとき手が当たる場所のことだ。

ビニール袋からも指紋は採取されたが、結束バンドの周辺からは出なかった。指紋が出たのは袋の端と真ん中で、親指、人差し指、中指の指紋だけだった。袋をつまんだか、引き寄せたかした跡で、重い遺体を詰めるときに触れた跡ではない。ビニール袋ごと遺体が運ばれた法医学教室へは、刑事課から河島《かわしま》班長らが同行していた。

「犯人は素手じゃなかったのかもな。ピーチ、ここも撮ってくれ」

リフトレバーにブラックライトを当てて伊藤が言った。署内ではピーチと呼ばれる撮影技官の桃田《ももた》がすぐさま接写する。付着したアルミパウダーは、十文字と水玉を合わせたような、奇妙な模様になっていた。

「伊藤さん、やっぱりですね」

同じ模様は他の部分からも採取されている。

「これって、なんの模様でしょう?」

恵平が訊くと、桃田が答えた。

「滑り止め付き手袋じゃないかと思うんだ」

桃田はサラサラの髪をマッシュルームカットにして、赤いフレームのメガネを掛けている。飄々《ひょうひょう》としていて痩《や》せ型で、プログレバンドのボーカルのような外見だが、歴《れっき》とした鑑識官で、撮影技官だ。

「データをパソコンに落として市販の手袋と照合してみよう」

桃田の指示で恵平はパソコンへ走った。

「フォルダ名はどうしましょう」

「とりあえず、日付と場所、キーとなる文言を入れておけ」

鑑識課長が恵平に言う。

「承知しました」

恵平はフォルダ名を打ち込んだ。

――2019/12/24　呉服橋通りスーツケースバラバラ事件――

クリスマスイブには不似合いな、残虐で凄惨《せいさん》なフォルダ名だ。

恵平はさらに、フォルダ内に別のフォルダを作った。

――01　スーツケース　遺留指紋――

そして桃田から送られてきた画像データを保存した。

# 第二章　呉服橋通りスーツケースバラバラ事件

明けてクリスマスの早朝から、恵平は現場に立っていた。

畠山老人がスーツケースを盗んだという場所に規制線を引いて調べたが、手がかりになりそうなものは何もなかった。その場所は歩道から一段高くなった植え込みの中で、ケースは灌木《かんぼく》の根元に押し込むように置かれていたという。歩道はブロック舗装で、足跡は残らない。微物の採取もしてみたが、冬の風が強く吹き込んでいるので、もともとそこになかったものが吹きだまっているだけかもしれない。

「うーん……ちょっと、厳しいかなあ」

現場の様子を撮影しながら桃田が唸《うな》る。

「ケースから体液がしみ出ていたとか、そういうのがあるとよかったんだけど、冬だしね、袋が厚くて漏れてもいないし、それほど重いわけでもないから、植え込みに跡も残っていない。怪しい痕跡も、特徴もない」

スーツケースがあった場所を確認するため、畠山老人も現場に連れ出されている。寒いので平野に官給のコートを着せられて、当時の状況をまた訊かれている。同じことを何度も聞くのは、事実関係と整合性が取れているかを知るためだ。

「周囲には誰もいなかったんですね？」

老人はすっかり怯《おび》えてしまっている。貧乏ゆすりのように膝《ひざ》を揺らして、チラチラと植え込みを覗《のぞ》くばかりだ。

「お話ししたとおりです。そばには誰もいませんでした。いないから盗《と》ったんです」

別の刑事がやって来て、平野に向けてこう言った。

「この場所をダイレクトに映している防犯カメラはないな。ホテルの正面と、あとは向こうと、ここへ通じる道の映像を提出してもらっているが」

「車で来てから荷物を下ろし、置いて、また去ったのかもしれないですよ」

「そうか、その手もあるな。じゃ、車もチェックだ。スーツケースはいつ頃からここにあったのかなあ。時間を絞り込めるといいんだが……」

その時、刑事のスマホが鳴った。彼は電話で誰かと話し、通話を終えて平野を見た。

「班長からだ。検死が終わったところだが、遺体は冷凍されていたらしい」

「冷凍ぅ？」

平野が厭《いや》そうな声を出す。

恵平と桃田は作業の手を止め、平野たちの会話に耳を傾けた。

「うむ。ガッチガチに冷凍してから、機械を使って切ったんだろうと。一キロの肉が解凍される時間は、条件にもよるが二時間程度だそうだ。あと、人体に於ける胴体部分の比重は四十八パーセントで、被害者は八十キロ前後の四十代男性と見られる。胃の内容物を検査できればいいんだが、知識があるのか、胸部でカットされているからそれはできない。で、外気温やスーツケースに入っていたことなどを含め解凍具合から逆算すると、爺《じい》さんがスーツケースを盗んだのは遺棄された直後になるらしい」

平野たちは同時に畠山老人を見たが、老人は唇を嚙《か》みしめて震えているだけだ。

「冷凍して、機械で切断……」

想像したのはマグロであった。カチカチに凍って丸太のようになったマグロを電動ノコギリで切るのは知っている。食べ物だと思っているからなんともないが、もし、あれが……恵平は生唾《なまつば》を吞《の》み込んだ。平野の先輩刑事が振り向いて言う。

「切断面がきれいだったのはそのせいだ。大きさからしても、業務用の骨切り機を使ったんじゃないかと検死官は言っている」

「そうか。なら、手袋もそれ用かもしれないね」

人差し指の第二関節でメガネを持ち上げ、桃田が言った。作業中は手袋をはめているので、指先はどこにも触れられない。

「え……それ用の手袋って、なんですか？」

恵平が訊《き》くと、桃田が答えた。

「大型カッターを操作するときに使う、専用の手袋があるんだよ。特殊繊維で作られた耐切創《たいせっそう》手袋ってやつ。怪我しないように手を守るんだ」

喋《しゃべ》りながら端に寄り、手袋を脱いでスマホを出した。タップしてどこかへ掛ける。

「伊藤さん？　桃田です。ご遺体の検死が終わったようで、冷凍後に業務用の電動骨切り機を使って切断されたのではないかと……ええ。だから切創部分が水平だったんですよ……ええ、はい。そうなると、あの模様、耐切創手袋の跡だったのかもしれません……え？　堀北はここにいますけど」

桃田は電話をしながら恵平に訊く。

「ペイさんの指紋、もらいに行ってくれるんだよね？」

「はい。でも、十時頃でないと駅に来ないので」

桃田はさらに伊藤と話した。

「ペイさんが来るのは十時頃で……えっ！」

赤いフレームのメガネの奥で、桃田は目を見開いた。さらにふたこと三言話をしてから、電話を切って桃田は言った。

「大変だ」

桃田が髪を掻《か》き上げた時、平野にも電話が掛かった。

「はい平野……ええっ？」

平野が驚く声を聞きながら、桃田はポケットにスマホをしまい、早足で鑑識の専用車両へ向かう。

「堀北。ここの作業は終了ね。もう一件、臨場しないと」

「わかりました。って、え、もう一件？」

振り返って桃田は言った。

「和田倉門《わだくらもん》交番からの入電で、濠《ほり》に浮いている黒い鞄《かばん》を引き上げたら、ビニールで包んだ人の足が入ってたってさ」

マスクとヘアキャップを剝《は》ぎ取って、桃田は鑑識キットを片付け始めた。

恵平は畠山老人をチラリと見たが、どす黒い顔で背中を屈《かが》めて、ギュッと唇を嚙んでいる。色を失ったその唇は、安易にスーツケースと関わってしまったことを呪うかのように震えていた。

ようやく空が明るんできて、駅前広場や日比谷《ひびや》通りに、出勤する人たちの姿が見えるようになってきた。和田倉門交番は東京駅の斜め向かい、皇居のお濠の脇にあり、丸の内西署の管轄だ。橋の手前に設《しつら》えた植栽の前で、交番の警察官らが鑑識班の到着を待っている。一晩中警邏《けいら》に当たっていたというのに、勤務を交替する前にとんでもないものを拾い上げてしまったのだ。

「おはようございます」

桃田が先に車を降りて、担当警察官に頭を下げる。恵平もすぐに続いて、ブツが出たときの状況を訊く。

「いやぁ、悪いな、お疲れさん」

和田倉門交番の重松《しげまつ》巡査が、恵平たちを植栽のほうへ誘《いざな》っていく。お濠にかかる橋の手前に歩道があって、道の両脇に植栽のスペースがある。手前に柵《さく》を施して、地面には芝を張り、丸くカットした灌木《かんぼく》と、シダレヤナギが植えられている。もう一人の警察官が柵の内側に立っていて、その足下に、黒い鞄と、濡《ぬ》れた袋が置かれていた。

「あれですか？」

桃田が訊《たず》ねる。黒い鞄の話は聞いたが、もうひとつは何だろう。重松巡査は仲間の警察官に視線を向けて、こう言った。

「鞄を見つけたのはこいつなんだよ」

それは交番任務に就いてまだ二年目という先輩巡査で、興奮で鼻の頭を赤くしている。桃田に向かって敬礼し、足下を見下ろしてこう言った。

「たまたまなんです。一晩中飛び歩いていたので、しっかり目を覚まそうと思って、そのあたりから――」

と、交番の脇を指す。

「――お濠を眺めていたんですけど。冷たい空気を吸いながら。そうしたら」

彼は次に、橋の向こうを指さした。橋を渡った先は公園になっていて、噴水やレストランなどがある。

「公園の下あたりですかね。黒いものが浮いているのが見えたので……」

「気になって引き上げてみたのがこれだよ」

黄色く枯れた芝生の上に、黒い鞄と、ビニールテープで縛った百貨店の袋が置かれている。

「こっちの袋はなんですか？」

桃田が訊いた。答えたのは重松だった。

「鞄にとんでもないものが入ってたからなあ。慌ててお濠を見回ったんだ。ざっとね。そうしたら、守衛所跡の橋脚のあたりに浮いているのが見つかって」

「中は何です？」

「まだ開けて見てないよ」

重松は首をすくめた。

鞄のほうは口が開いて中が見える。分厚いビニール袋である。半透明のビニールは内側が比較的汚れておらず、靴下と靴を履いた足首と、その切り口が見えていた。百貨店の袋に入っていたのは脛《すね》の部分で、生々しい体毛が見て取れる。恵平は一瞬吐きそうになり、慌てて鞄から顔を背けた。気持ちを落ち着かせようと深呼吸すると、たおやかに枝葉を揺らすシダレヤナギの隙間から、明けていく空が窺えた。


同じ日の午前十時少し前。恵平は長袖《ながそで》シャツに作業ズボンという軽装で、東京駅丸の内側の改札近くに立っていた。ペイさんと話をしなくてはならないのだが、警察官の服装ではいらぬ誤解を招きそうで、東京駅おもて交番に上着を脱いできたのだった。

東京は信州より暖かいとはいえ、ビル風の冷たさはあまり変わらない気がする。コンコースで風をよけながら待つことしばし、商売道具をぶら下げて、ペイさんがやって来た。靴磨きの店を出す前に、恵平は走って行って声を掛ける。

「ペイさん、おはようございます」

「おやケッペーちゃん、おはようさん」

ペイさんは恵平にチラリと目をやりながら、地面に敷くマットを出した。

「待ってペイさん、まだお店を出さないで。お願いがあるの」

背の低いペイさんと視線を合わせるために、恵平はしゃがんで両手を合わせる。

「ちょっと交番へ付き合って。お願いだから」

ペイさんは皺《しわ》びた目をショボショボさせて、怪訝《けげん》そうに首を傾げた。

「なんでおいちゃんが交番へ行くの？」

「ゆうべの男の人のことよ。スーツケースを置き引きした」

ああ、とペイさんは頷《うなず》いた。

「ちゃんと交番に行ったのかい？　よかったよかった」

「それはいいけど、それだけじゃなくて、ペイさんの指紋が必要になったの」

ペイさんは眉《まゆ》をひそめた。

「おいちゃんの指紋かい？　どうしてさ」

「ペイさん、昨日、スーツケースに触ったりした？」

「あの人が持ってたケースにかい？　いやぁ？」

ペイさんは宙を見上げた。

「運ぶのを手伝ったり、ちょっとだけ手を出したとか、どこかに触れたりしていない？」

なぜそんなことを訊《き》くのかと、不思議そうな顔で恵平を見る。

「……いやあ……どうだったかなあ」

しばらく考えてから、

「触ってないよ」

とペイさんは言い、それから歯の抜けた口で笑った。

「そりゃそうだよぅ。だっておいちゃんは、商売道具を持ってたんだから。靴台と、丸椅子と、そしたら両手が塞《ふさ》がって、他のものは持てないよ」

言われてみれば確かにそうだ。ペイさんは、やっぱりマットを広げ始めた。

「触ってないならいいってことかい？」

「うん。触ってないなら指紋はいらない。私はうっかり触っちゃって……すぐに気付いてハンカチを使ったけど後の祭りで……」

テキパキと開店の準備をしながらペイさんが訊く。

「最初のお客になっていくかい？　最初のお客さんが女の人だとね、その日は繁盛するんだよ」

本当なのか、嘘なのか、ペイさんはマットの上に丸椅子を置き、靴台を据えてニカッと笑った。冬場は客を気遣ってブランケットも用意している。それで恵平は仕方なく、ストールのようにブランケットを羽織ってペイさんの前に座った。

「そんな大事になっちゃったのかい？　あの人がさぁ。スーツケースを拾ったといって、そんなら交番に届ければ、それでいいんじゃないのと、おいちゃんは訊いたんだよね。でもさ、捕まらないとダメだって……色々事情があるもんね」

ペイさんは靴の埃《ほこり》を払いながら言う。

「話はよく聞くんだよ。長いお勤めがやっと終わって、刑務所を出てきた人がさ、浦島太郎みたいになっちゃって、無銭飲食や万引きをやって、また刑務所へ戻っていくんだ。就労支援をされてもさ、心のふるさとがもうないんだよ。いつの間にか刑務所暮らしが染みついて、そこの生活が安心できる。死ぬまでそうやって、出たり入ったりする人もねえ」

「あの人、刑務所にいたんですか？」

「や。そんなことは言っていないよ？　でもさ、よくよく話を聞いたらさ、田舎から都会へ出稼ぎに来て、ようやっとこっちに根をおろしたけれど、いろいろあって家も取られて、それからずっとその日暮らしだって言うからね。今年みたいに正月休みが長いとさ、そのあいだ暮らしていけないんだってさ。だから警察に自首をして、しばらく留置場で寝泊まりをね」

恵平は切なくなった。

「望んで犯罪者になるんですか？　お正月に泊まる場所のために」

ペイさんは靴クリームを選び、指先で靴にちょちょいと塗った。

「だってケッペーちゃん。この寒空に、一晩中外にいてごらん？　まあ一晩ぐらいなら勢いでなんとかなってもさ、身体が芯《しん》から冷えちゃったらね、次の一晩は越せないもんだよ。心細いわ寂しいわ、どんな場所のどんな隙間に入り込んでも、誰かに咎《とが》められてる気がしてね、寒くて孤独で惨めでさ……」

商売道具の布を出し、シャカシャカと動かしながらペイさんは続ける。

「心が凍えて死んでしまうよ」

恵平は子供の頃、お仕置きで納屋に閉じ込められた時のことを思い出していた。冬でも夜でもなかったけれど、埃まみれの農機具と一緒に狭い空間に取り残されて、板塀の隙間から見える外の世界と切り離されてしまったように感じたものだ。怖かったのは、独りぼっちのまま日が暮れることでも、お腹が空《す》くことでも、お化けでもなく、自分の存在が忘れられていくことだった。二度と使われることがない脱穀機や、石臼《いしうす》や、桶《おけ》のように。

「留置場は相部屋だもんね……」

呟《つぶや》くと、ペイさんが上目遣いに恵平を見た。

「そうだよねえ。盆と正月。家族が集まる季節には、独りが余計に身に染みる。一緒にいるのが他人でも、独りぼっちよりずっといいよね」

ああ、だからペイさんは、ゆうべあの人と一緒にいたのだ。一緒に駅の周りを歩いて、いろんな話を聞いたのだ。飲めもしないワンカップで温まりながら。

「あのね。どうせすぐニュースになるから話すんだけど、あの人が盗んだスーツケース……中に……」

恵平はブランケットをギュッと握った。

「大金でも入っていたかい？」

ペイさんが笑う。

「そうじゃなくて……死体の一部が……」

シャカシャ。ペイさんの手が止まる。彼はゆっくり顔を上げ、慌ててまた俯《うつむ》いて、ピッピと水を靴に飛ばした。再び目にもとまらぬ早さで布を動かす。恵平の疲れた靴が、みるみる輝きを取り戻す。

「……この年末にねえ」

と、ペイさんは呟いた。

「酷《ひど》い話だ。どこの誰だか知らないが、むごい真似をする。家族が帰りを待っているかもしれないのにねえ」

被害者の不幸を憂えている。恵平は、被害者ではなく加害者のことばかり考えていた自分に気付いてショックを受けた。部分的な遺体は猟奇性が勝って被害者を想像しにくい面もある。検死の結果四十代の男性だということはわかっていたが、今の今まで恵平の頭を占めていたのは、誰がなぜこんなことをしたのだろうという思いばかりで、誰がなぜこんな目に遭わされたのかという考えは薄かった。

でも、ペイさんの言うとおりだ。被害者の家族や友人は、彼に降りかかった恐ろしい事件をまだ知らない。大切な誰かが殺されて、バラバラにされたと知ったなら……恵平は考える。私なら、きっとどうにかなってしまう。

いったいどちらがいいのだろう。行方不明のまま、どこかで生きているはずだと信じることと、残酷な事実を突きつけられて、心が壊れそうになることと。

犯罪現場に触れ続け、仕事や事件に慣れてしまって、とても大切な何かを忘れかけているのではないかと怖くなる。被害者には人生があったはずなのに。

「ほんとペイさんの言うとおりだよね。犯人を、捕まえなくちゃ」

恵平は頷いた。

今朝、和田倉濠《ぼり》で見つかった鞄《かばん》には、両足首と、膝《ひざ》で切断された右大腿《だいたい》部から下の部分が、一緒に見つかった梱包《こんぽう》からは、左大腿部から下の部分が入っていた。切断面のきれいさから、遺体は胸部と同様に冷凍してカットされたと思われる。

「ペイさんは昨日の人を知ってたの？」

念の為に訊《たず》ねると、「うんにゃ」とペイさんは頭《かぶり》を振った。

「記憶にないよ。よく通る人ならさ、歩き方とか、靴とかね、そういうので大体わかるけど、あの人の靴は記憶になかった。随分年季が入っていたけど、最高級の靴だったから、見れば覚えていたと思うよね。昔は羽振りもよかったんじゃないのかな」

「そんなことまでわかっちゃうんだ」

そりゃわかるよぅ、と、ペイさんは笑った。

「近頃は中古品の流通が盛んだから、いい靴を安く買えることだってあるけども、あの人の靴は違ったよ。履いて育ててあったよね、靴が足にピッタリだった。長く大事に履かないと、ああいう靴にはならないもんね」

片方が磨き終わったので、別の足を靴台に載せる。ペイさんはまた埃を払いながら、

「バラバラ事件」

と呟いた。

「え」

「だからさ……バラバラ事件なんだよね？　ケッペーちゃん、知ってるかい？　バラバラ事件って言葉を最初に使ったのは、東京朝日新聞なんだって。おいちゃんが生まれる前だけど、それまではバラバラ事件なんて言葉はなかったんだよ」

「そうなの？」

「戦争が終わって人がむやみに死ななくなったら、まるでむごさを求めるみたいに、残酷な事件が増えるのかねえ……おいちゃんは悲しいよ」

靴磨き一筋に約七十年。ペイさんが大切にしてきたものを思うと、恵平はいつも自分の小ささを感じる。

「それまではバラバラ事件なんてなかったのね」

「どうなのかねえ。おいちゃんやあの人みたいに、いっぱいいっぱいで生きてると、自分の命も、他人《ひと》の命も大切だけど……世の中にはそうじゃない人もいるのかな」

ペイさんは靴を磨き終え、

「はいよ。ありがとさん」

と、手のひらを出した。恵平がそこに代金を置き、ペイさんにお礼を言って立ち上がったとき、

「あのう……ちょっとおたずねしますけど」

後ろから声を掛けられた。

振り向けば、四十代くらいの女性が申し訳なさそうに頭を下げている。自分とペイさんと、どっちに声を掛けたのだろうと思っていると、女性はペイさんの前で屈《かが》み込み、スマホを見せてこう訊《き》いた。

「このあたりで、こんな子を見かけなかったでしょうか」

ペイさんが同じ場所に長くいるので訊ねたのだろう。恵平はペイさんの背中へ回って、女性のスマホを覗《のぞ》き込んでみた。自分と同じくらいの年の女の子の写真だ。

「人捜しをしているのかい？　どれどれ」

ペイさんは前のめりになって画面を覗いた。明るく潑剌《はつらつ》とした感じの女の子が庭木

をバックに映っている。大きな目と下ぶくれの顔が女性に似ていた。

「娘さんですか？」

ペイさんの肩越しに訊ねると、

「そうなんです」

と、女性は答えた。

「ケッペーちゃんはね、こう見えて警察官の卵なんだよ」

座ったままペイさんは言い、背筋を伸ばして首を傾げた。

「ごめんねえ、顔写真を見せられても、おいちゃんにはわからないよ？　ここにずっと座ってはいるけど、ほとんど靴しか見てないからねえ」

女性はわずかに肩を落とした。

「娘さん、どうされました？」

恵平が訊くと、女性は困ったように眉尻《まゆじり》を下げて笑った。

「いえ……こっちの大学に通っているんですけど、驚かせようとアパートを訪ねたら、しばらく帰っていないみたいで、心配になって」

「大学は冬休みですよね？」

「ええ」

「じゃあ、友だちと旅行に行ったとか」

「そうかもしれないので……もう大丈夫です。お騒がせしました」

女性はなんだかモジモジしている。その間に靴磨きのお客さんが来て、ペイさんは仕事を始めた。恵平は女性を誘《いざな》ってその場を離れ、駅前広場へ移動した。改めて自己紹介する。

「堀北と言います。まだ卵ではありますが、丸の内西署に勤務している警察官です」

女性は辻《つじ》で占い師に声を掛けられたような顔をした。

「何かお役に立てるかもしれないので、お話を聞かせて頂けますか？」

「ほんとうに旅行しているだけかもしれなくて、ただの笑い話で、警察の方のご迷惑になってしまうかも……」

「笑い話になったなら、それに越したことはないです。でも、ペイさんに話を聞こうとしていたんですから、何かご心配なことがあったんですよね？」

女性は少しだけ唇を噛《か》んだ。

「そうですね……あの……」

「娘さんとはメールとか、なさらないんですか？」

「します。それで心配しているんです。電話にもメールにも応答がなくて。こんなことは初めてなので」

「いつから応答がないんですか？」

「三日ほど前からです」

と、母親は言った。

「最初はクリスマスを友だちと過ごしているのかなと思ったんですけど、アパートの冷蔵庫に、ラップをしたままの食材があって心配になったんです。親馬鹿ですけど、娘は食べ物を粗末にしないので」

「旅行なら処分していきますものね」

「ゴミ箱に卵の殻があって、日付を見たらけっこう留守が続いているようでした。年末は帰省すると言っていたので、サプライズでこちらへ来て、一緒に帰るつもりだったんです。事前にメールした時は『クリぼっち』だと言っていたので」

「クリぼっちって、独りぼっちのクリスマスってことですね」

「そうです」

「それまで娘さんとメールは？　毎日？」

いいえと母親は首を振る。

「成人しているので用があるときだけですが、メールすれば、遅くてもその日の夜には返信してくれて」

「でも、三日前から連絡がない？」

「正確には、二十一日の夜から連絡がありません。洗濯物も干したままで、でも、アパートは不動産仲介で大家さんがいないし、両隣も学生さんで帰省しておられるようだし、娘のアルバイト先や友人関係は、もう、まったくわからないので」

「娘さんは普段から東京駅を利用しているんですか？」

「いえ。アパートは綾瀬《あやせ》なんです。でも、前にメールした時は、丸の内のイルミネーションがきれいだと話していたので、今日は主人と手分けして、娘の行きそうな場所を歩いてみているんですけど」

東京で人を捜すなら、闇雲に歩き回っても徒労に終わる。恵平はもう一度写真を見せて欲しいと頼んだ。

「これはご自宅で撮った写真でしょうか」

「そうです。九月の頭に」

「足下まで写った写真はないですか？」

母親はスマホにストックされた写真を探した。

「靴が写っていると、ペイさ……靴磨きのおじさんが覚えているかもしれないです。

あの人は靴のプロなので。だから娘さんが履いていた靴とか」

「ああ、それなら」

母親は画像データを確認してから、全身が写った写真を見せてくれた。家族みんなで撮った集合写真だ。

「ちょっと小さいですけど、娘の足が写っています。このメーカーのスニーカーが軽くて履きやすいって、同じ靴ばかり履いているんです」

それは丸っこいフォルムのスニーカーだった。

「その写真、頂いてもいいですか？」

母親の許可を得て画像を自分に送信し、連絡先と、娘さんについての簡単な情報を教えてもらった。名刺を渡せればよかったのだけど、卵の恵平には何もない。娘さんを捜すと約束もできない。ペイさんの前には靴磨きを待つ人たちの列ができていて、駅前広場は混雑している。

「あとでもう一度、ペイさんに写真を見てもらいます。心当たりがあってもなくても、どちらの場合もご連絡しますね」

そう言うと、母親はペコリと頭を下げた。

「ありがとうございます。よろしくお願いします」

「早く会えるといいですね」

恵平は母親を見送った。

東京駅おもて交番で研修をしていたときは、地方から来た年配者や旅行者に道を訊《たず》ねられることがよくあった。多くは広大な東京駅に驚いて、乗り場や行く先を問うものだったけど、東京へ出てきたまま帰らない娘や息子の安否を相談されることもたまにはあった。家族はとりあえず東京へ来て、新幹線ホームを出た途端、駅の広さと複雑さに驚いて東京の得体の知れなさに圧倒され、途方に暮れてしまうのだ。そして交番で同じことを訊《き》く。若い人が行きそうな場所はどこですかと。

そういう時、年配の伊倉巡査部長は交番に常備している地図を指し、答えは言わずに話を訊いた。東京は面積が広いわけではないけれど、平地がわずかな信州に比べたら、ひとつの場所が何十階にもなっていて、そこにみっちり人がいる。人口密度が濃すぎるため人が人に紛れてしまって、地方で人捜しをするようなわけにはいかない。伊倉は相手の気が済むまで話を聞いて、安心して交番を出て行くようにしてあげていた。大人の迷子もけっこうあるが、その多くは自分の意志で行方をくらます。今の娘さんもすでに大人だ。

東京駅おもて交番へ戻ってみると、洞田巡査長が立番《りつばん》していた。

「あれ？　どうした、ペイさんは？」

指紋をもらう話は朝礼で共有しているので、洞田が訊いた。

「ペイさんはケースに手を触れていなかったんです。だから指紋を提出してもらう必要がなくなりました」

バックヤードに脱いでいた鑑識官の制服を着る。

「それは確かか？」

「はい。ペイさんは片手に靴載せ台を、片手に椅子を持っていたので、スーツケースに触れなかったんです」

根拠を示すと洞田は笑った。

「ならいい」

恵平は署から運んで来た指紋採取キットを抱えてバックヤードを出た。

「今、大学生の娘さんを捜しているお母さんに会いました」

「家出か？」

洞田は訊いた。

「サプライズでアパートを訪ねたら留守だったということで」

「ふーん」

「洗濯物が干しっぱなしで心配になったそうです」

「行方不明者届を出したいってか？」

「そうは言っていませんでした。お父さんと手分けして、娘さんの立ち寄りそうな場所へ来てみたと」

洞田は微妙な顔をした。

「クリスマスだぞ？　ロマンスの季節じゃないか」

「まあ……そうですけど。メールしても返事がないって」

「親の心配は絶えないが、自分の若い頃を思い出してみろ」

そう言ってから、

「というか、おまえはまさに、ただ中だったな」

と、洞田は笑った。

「私は研修中の身で、ロマンスなんて言ってられないんです」

あんな事件が起きてしまって、クリスマスケーキも食べ損ねたし、正月休みだって返上になるかもしれないのだ。

「心配するな。盆と正月はそういうケースが増えるんだって。家族が一堂に会する機会だろ？　親が接触したがって、思い出したみたいに心配するのさ」

自身も二人の子を持つ洞田は、ほんの少しだけ遠い目をして言った。

「うちもせいぜい中学ぐらいまでかなあ、親と遊んでくれるのは」

「あまり心配しないでいいってことですか？」

「しれーっと帰ってくるんだよ。クリスマスはともかく、正月にはな」

心当たりがあるらしく、洞田は耳のあたりで手を振った。妙齢になれば、親より恋人といる方が何倍もいいに決まっている。相手がいない恵平は想像するしかないけれど。それでも母親と約束してしまったから、あとでペイさんに写真を見て貰《もら》おう。

指紋採取キットを抱えて丸の内西署へ戻ると、師走《しわす》の忙しさとはまた別に、署内は事件のことでザワついていた。鑑識の部屋も同様で、遺体が入れられていた黒い鞄《かばん》や、百貨店の包みから証拠を採取している最中だった。

「ただいま戻りました」

恵平は声を掛け、捜査のために運び込まれた品を見た。テーブルに載せられているものはほかに、遺体が履いていた靴下と靴、包みを縛っていた紐《ひも》や、法医学教室から戻されてきたビニール袋など多数だ。

「どうだ、指紋はうまく採れたか」

伊藤が訊いた。

「いえ。ペイさんはスーツケースに触っていないということで、指紋は採ってきませんでした」

「それは確かか？」

やはり同じ質問がくる。

「はい。畠山老人と一緒にいたとき、ペイさんは自分の仕事道具を持っていました。椅子と靴台と道具を入れたリュックなどです。それだと両手が塞《ふさ》がって、スーツケースは持てません」

「なるほどね」

と、横から桃田が口を出す。

「なら、伊倉巡査部長と堀北の分、あとは畠山老人の指紋を除外すればいいってことだね」

桃田はすでに指紋データをパソコンに取り込んで、照合作業を始めていた。

「あの……和田倉濠《ぼり》で見つかったのは、同じ被害者の足だったんでしょうか」

鑑識課長も部屋にいて、鞄から微物を検出している。伊藤と一緒に目を皿のようにして、ライトの下でピンセットを操りながらこう言った。

「状況からして同一人物のものと思うがな、そこは検死官が調べてる。まだ他に部位があるかもしれないってことで、お濠の捜索が始まったから、間もなく捜査本部が立って、副署長が午後にも記者クラブにファックスを流すだろう。暮れだから、さほど騒ぎにはならんだろうが」

恵平は桃田に近づいて、こっそり訊いた。

「暮れだと騒ぎにならないんですか？」

「日本全国お正月。メディアもフットワークが鈍るって意味だね。お正月は特別番組が増えるだろ？　みんな休みを取りたいから、リアルタイムの報道はいつもより下火になるんだ。芸能人がこの頃を見計らって重大発表するのも同じ理由だね」

「それがバラバラ事件でもですか？」

桃田はわずかに首を傾げて、

「あまり関係ないんじゃないかな。ニュースも旬があるからさ、どんなにショッキングな事件でも、タイミングを逃せば話題にはなりにくいよね」

再び指紋の照合作業を進めた。

「あ、そうだ堀北、お使いに行ってくれないかな」

「わかりました。食べ物ですか？」

「いや、手袋」

桃田は苦笑しながら恵平にプリントを渡した。スーツケースに付着していた奇妙な模様を写したものだ。別にもう一枚、手書きのメモがついている。メモには住所と、会社の名前が書かれていた。

「写真は実寸大になっているからね。こうした商品を専門に扱う会社が渋谷《しぶや》にあるから、そこへ行って、写真を見せて、滑り止めの形が合致する手袋をすべて買ってきて欲しいんだ。電話したら二十九日から休みになってしまうそうだよ」

「わかりました」

鑑識課長も顔を上げた。

「悪いな。年末で人が移動する前に聞き込みを急がなきゃならんのだ。実際にブツがないと痕跡《こんせき》と照合できないからな。仕事納めの前に行ってくれ」

「すぐ行きます」

「ちゃんと領収証をもらって来いよ」

先輩たちに頼まれて、恵平は署を飛び出した。

クリスマスが終わった途端に、街はお正月商戦に模様替えする。その素早さは魔法のようで、夜が明けたらツリーの代わりに凧《たこ》や繭玉、迎春の幟《のぼり》が下がっているのだ。

日が暮れれば輝き出すイルミネーションはそのままに、クリスマスソングはどこかへ消える。多くの人々が心躍らせるクリスマスにお正月。最高にハッピーな年末年始のお休みが、畠山老人のような人たちの生活を圧迫する。忙《せわ》しなく移動する人垣を縫って、恵平は渋谷へ向かった。

渡されたメモの場所へ来てみると、そこにあったのは洗練されたオフィスビルに付随した総ガラス張りのショールームだった。作業着に官給の靴、その上にジャンパーを羽織り、スマホも財布もポケットに入れ、プリントを握りしめて署を飛び出してきた恵平は、その大きさに先《ま》ず圧倒された。てっきり量販店で商品を漁《あさ》り、プリントの型と照合して手袋を買えばいいと思っていたのだ。巨大ガラスに映る自分は、ちょいとそこまでお使いに出たという出《い》で立ちで、ガラスの奥には身だしなみの整った女性が二人、お人形のようにこちらを向いて立っている。

「うわぁ……」

恵平は自動ドアを鏡代わりにショートヘアを整え、ジャンパーの裾《すそ》を引っ張って、着崩れていた襟を直した。それからちょっとだけ上を向き、自分に向けて「よし」と言った。お使いと言われて本当にお使いに行く気分だった自分を戒める。子供じゃない、自分は警察官なのだ。「ふんっ」と鼻から息を吐き、背筋を伸ばしてエントランスへ入る。隙のない受付のお姉さんたちは、にこやかに微笑んで恵平を待っていた。

「こんにちは」

もっとこう……威厳ある態度で臨みたかったのに、口から出たのはただの挨拶《あいさつ》だ。昨夜からずっとバタバタしていて、日課にしている東京駅舎への早朝挨拶ができなかったから、下っ腹に力が入らないのかもしれない。

「いらっしゃいませ」

白い歯を見せて、受付の一人が微笑みかけてくる。恵平は瞬きをして、こう言った。

「私は丸の内西署の鑑識官――」

見習いという言葉は敢《あ》えて省いた。

「――で、堀北という者です。少しお話を伺いたくてお邪魔しました」

わずかに間を置いてから、二人のうちのひとりが訊《き》いた。

「どのようなご用件でしょうか」

手に持っていたプリントを、カウンターテーブルに広げて見せる。

「実は、このような跡が残る手袋を探しています。この模様は実寸になっていて……」

「お疲れ様です。こちら受付カウンターですが」

別の一人がどこかへ電話し、応対してくれた一人が恵平に言う。

「ただいま担当の者を呼びますので、しばらくお待ち頂けますか？」

阿吽《あうん》の呼吸とでも言えばいいのか、わずか一分足らずでショールームの奥にあるエレベーターのドアが開き、作業着姿の中年男性が前のめりになってやって来た。

「どうも」

年齢は四十前後。丸顔で、髪をオールバックにして、ニコニコと笑っている。ポケットから名刺入れを出すと、立ち止まって名刺をくれた。

「商品開発部の服部《はっとり》と申します」

もらった名刺には会社の名前とロゴマーク、商品開発部部長の肩書きがあった。

「丸の内西署鑑識の堀北です。あの、すみません。私は名刺を持っていなくて」

仕方がないのでジャンパーの前を少しひらいて活動服の胸ポケットを見せた。卵でも、ベテランでも、同じく『警視庁』の文字が刺繍《ししゅう》されているからだ。

「いえ、かまいませんよ」

服部はニコニコしながら恵平をショールームの奥へ誘《いざな》った。そこからまたエレベーターに乗って、案内されたのは別の階にある一室で、ホワイトボードとテーブルと、何脚かの椅子が置かれていた。入口と正面以外の壁が書棚になっていて、バインダー

がズラリと挿してある。服部は恵平に椅子を勧めると、

「お話を伺います」

と言った。それで恵平は再びプリントを出し、丁寧に広げて服部に渡した。

「同じ模様がある手袋を探しています。大きさは実寸になっているんですけど」

「ああ、これですか。はあはあ、なるほど」

「え。わかるんですか？」

かすれた模様を見ただけで訳知り顔になる服部に、恵平は驚いた。作業用手袋にどれくらい種類があるか知らないが、手袋そのものではなく滑り止めの模様を見ただけで、商品の目処《めど》がつくものだろうか。

「たぶんですが、わかりますよ」

服部は書棚の前に立ち、バインダーを何冊か抜いた。

「特徴的なのが指先の模様で、これは耐切創手袋ですね」

確かに桃田がそんなことを言っていた。

「ちょっと調べてみますから」

服部はバインダーをテーブルに載せると、ページをめくって書類を確かめ、ノートパソコンにナンバーキーを打ち込んだ。検索ソフトが稼働して、モニターにズラリと

データが並ぶ。手袋そのものの写真ではなく、線描きされた設計図である。図面を何枚か呼び出すと、滑り止め部分の画像をずらりと並べた。

「うわ……すごい……」

山積みされた手袋をかき分けて、模様に合致する品を選ぶつもりだった恵平は、目を丸くして息を呑《の》んだ。システムで商品を探すとは思いもしなかったのだ。

服部がニコリと笑う。

「弊社は安全用品の開発や設計をしていますので、商品は自分の子供みたいなものですからね。見ればすぐにわかります。ええっと……」

プリントとモニターを見比べて、

「このあたりが近いかな」

と、服部は言った。似たような間隔で同じ模様がデザインされた滑り止めの画像である。ただし、画像だけでは本当に模様が合致するかわからない。

「この手袋を購入したいのですが」

服部はまたも微笑んだ。丸くて小さくてニコニコしていて、年配のお地蔵さんのような男である。

「商品の在庫はここにないんです。製造は別の場所でしておりまして、ただ、サンプルはショールームにありますので、行ってプリントに載せてみましょう」

ありがとうございますと、恵平は立ち上がって頭を下げた。

「同じ模様の手袋は、これ一種類だけですか？」

「いえ、まだ他にもあります」

服部は次に電子カタログを呼び出した。耐切創手袋だけでも数十種類、軍手など作業用手袋の種類はとても多い。

「こんなに……」

この中から手袋の種類を限定するのは容易ではなさそうだ。それよりも、持っている金額で手袋を揃えられるかという問題がある。カードで支払いをした場合、どうやって署に請求すればいいのだろうか。考えていると、服部が言った。

「けっこうありますが、模様がつく間隔などは素材によって違いますから、全部が同じ痕跡《こんせき》になるとは限らないんですよ。伸びる素材も、そうでないものもあって、こちらのプリントの間隔は」

服部は指先ではなく、その下に並んだ水玉模様をなぞって言った。

「ほら、ここが」

どれを指して『ほら』なのか、恵平にはまったくわからない。

「この間隔が、ここでちょっとだけ歪《ゆが》んでいます。全体ではなく、ここだけですから、柔らかかったり、伸びる素材の手袋ではありません。ポリエチレンとガラス繊維が入った商品だと思います」

恵平はさらに目を丸くした。どんな分野にもプロはいるのだ。

「同じ模様の滑り止めがついた手袋は、他のメーカーにもありますか？」

「ないですね。このデザインは弊社が商標登録していますから」

やった！　と恵平は心で思う。これで犯人に一歩近づけた。

服部について階下へ戻り、ショールームの手袋コーナーで該当するデザインの商品を見せてもらった。桃田に渡された痕跡のプリントは、高価な耐切創手袋のMサイズとほぼ合致した。手袋に入れた手の大きさで、模様の出方が多少変わるという程度である。滑り止め部分が同じデザインでも、素材が違うとしっくりこない。服部によると、素材の違いで滑り止めの位置が微妙にずれるとのことだった。

「この手袋はどこで買えますか？」

訊《き》くと服部は小首を傾げ、

「ちょっと待ってくださいよ」

と、受付へ向かう。その背中に声をかけ、恵平はスマホで写真を撮らせてもらった。

パッケージを見ると、希望小売価格が数千円もする手袋だった。

「けっこう高価なんですね」

戻って来た服部に言うと、

「いえ、でもこれはまだお安い方で、一双数万円から、それ以上のものもありますよ」

涼しい顔でそう答えた。

「この滑り止めデザインは古い型ですが、改良版デザインだと、もの凄《すご》い種類の手袋に使われていますから、探すのはもっと大変だったことでしょう。今は滑り止め部分の素材がよくなって、様々なニーズにお応《こた》えできるようになったので」

「古いって、どのくらい古いんですか？」

「このタイプの生産は三年前に終了しています。だから、どこで買えるかというと、在庫で持っている販売店か、あとは引き上げ品を扱うリサイクルショップとかでしょうか。今、管理部に連絡して当時の取扱店リストを検出させていますので」

「ありがとうございます」

「でも大変ですよ？」

と、服部は言った。

「弊社は小売りをしないので取引先は問屋ですが、それでも日本全国に送っていますし」

「基本的なことを伺いたいんですけど、耐切創手袋って、どういう人が使うんですか？」

ずっと疑問に思っていたことを訊いてみた。名称からして手を切らないようにはめるのだろうとは思うが、どういう人が、どんな用途で購入するのか、恵平にはイメージがつかめなかったのだ。服部は厭《いや》な顔ひとつせずに教えてくれた。

「ひとくちに耐切創と言っても、用途によって何種類もの素材や強さ、使い心地がありまして。耐切創、耐摩擦、耐突刺《せんし》性、耐針性……レベルも何段階か……」

服部は恵平の顔を見て、

「近いところで言いますと、警察や消防署でも使って頂いております。防刃手袋もそのひとつで、刃物を素手で摑《つか》んだりするあれですね」

と微笑んだ。プライドに満ちた表情だった。

「それなら高価なわけですね」

「電気工、ガラス職人、あとは冷凍肉の加工所などでも使います。いずれも刃物などから手指を守るためでして、木材の加工業者もそうですね」

遺体が冷凍されてから切断されていたことを思い出し、恵平は緊張した。

「なかでもこのタイプの手袋は、手指が動きやすいよう工夫されていますから、食肉や木材の加工業者向きです。それも大型の……例えば冷凍マグロとか、豚や牛などの大型食肉、そういえば漁師町には比較的出荷されていますねえ」

ショールームの奥でエレベーターのドアが開き、作業着姿の若い男性が書類を持ってやって来た。恵平に頭を下げて書類を服部に渡し、会釈して、また戻って行った。

「これが卸先のリストです」

渡されたプリントには、それこそ日本全国の業者リストが載せられていた。

手袋はこれらの業者からさらに販売店へ行き、顧客の手に渡ったのだ。事件のたびに靴底をすり減らして聞き込みしている平野の顔が脳裏に浮かび、恵平はため息が出そうになった。

「少しはお役に立てましたでしょうか？」

促すように服部に訊かれ、恵平は身体を二つ折りにして頭を下げた。

「はい。本当にありがとうございました。とっても、すごく、助かりました」

人の好《よ》さそうな服部と、受付のお姉さんたちに見送られて会社を出た。

警察官の仕事も大変だけど、作業用手袋ひとつに費やされていた凄《すさ》まじい労力と矜《きよう》持《じ》を知って、恵平の目からはウロコが何枚も剝《は》がれ落ちた。手袋なんて、量販店の売り場へ行けばいくつも下がっているものだとばかり思っていた。いつでも買えて、そこにある。それを創り出す人の苦労なんて考えたこともなかった。おびただしい設計を繰り返し、改良に改良を重ねて作られていることを知らなかった。

「よしっ」

年末の空に拳《こぶし》を振りあげ、恵平は来た道を走って戻る。子供の使いじゃないんだし、『画像しかありませんでした』ではすまされない。問屋街まで足を延ばして現物を探し、なんとしても丸の内西署へ持ち帰るつもりであった。

# 第三章　東京駅うら交番

作業着や作業用ツールを扱う店の主人に無理を言って在庫を探してもらい、ようやく手袋を手に入れて署に戻ると、すでに丸の内西署に捜査本部が立っていた。

所轄が凶悪事件を扱うときは、本庁から精鋭チームが送り込まれる。ただでさえ犯罪が増える年末年始に、図らずもバラバラ事件を抱えてしまった丸の内西署へは、本庁捜査一課から川本《かわもと》という課長が率いる精鋭チームがやって来た。恵平は警視庁の内情を知らないが、川本課長はやり手と噂で、交替で正月休みを取る予定だった署員も動員されて、署内は大わらわになっていた。

伊藤の指示で捜査本部へ顔を出し、手に入れたばかりの手袋と取扱業者のリストを鑑識課長に手渡すと、それは即座に指揮官へ提出された。鑑識課長にねぎらわれ、恵平は少しだけ自分を褒めてやりたくなった。意気揚々と鑑識の部屋へ戻ってみると、桃田と伊藤は相変わらずテーブルで作業をしていた。なんと、またひとつ、見慣れぬリュックが増えている。汚い布も増えている。

「お疲れさま」

シャッターを切りながら桃田が言った。

「いったいどんな首尾だったんだ？」

番号札を動かしながら伊藤が訊く。戻るなり捜査本部へ行ったので、恵平がどんな経緯で何を入手してきたのかを、伊藤も桃田も知らないのだった。

「手袋は特定できました。捜査本部で課長に渡して、雛壇《ひなだん》に持って行かれましたけど」

「おう。リストも貰《もら》ってきたんだってな？　よくやった」

画角に番号が写り込むよう操作しながら伊藤が答える。

「そのリュックは何ですか？　……まさか」

リュックといっても布製で、巾着《きんちゃく》袋に毛が生えた程度の品である。小学生が遠足に使うくらいの大きさだが、ポケットもないシンプルな作りだ。黒色なのか、紺なのか、もとの色味はわからない。肩紐《かたひも》はすり切れ、金具もすでになくなっている。全体的にぐっしょり濡《ぬ》れて、水の生臭さを放っている。

「新しく皇居のお濠《ほり》から上がったやつだよ。日比谷通り沿いの石垣下に浮いてたらしいや」

「中からは何か……？」

「うん。手ぬぐいにくるんだ手首がね」

シャッターを切りながら桃田が言った。

恵平は痛々しげに眉《まゆ》をひそめて、しばらく沈黙してから、

「……でも、それなら被害者の指紋が採れるってことですね」と訊《たず》ねた。

指紋が採取できれば被害者の身元が判明するかもしれない。バラバラ事件の猟奇性より捜査の進捗《しんちょく》状況が気になるなんて自分でも不思議だったけど、被害者はやっぱり、一日も早く家に帰りたいと思うのだ。

けれど桃田はカメラから目を離し、赤いフレーム越しに恵平を見た。

「残念だけど、指紋は採れない」

「どうしてですか？」

すると今度は伊藤が答える。

「入っていたのは手首だがな、冷凍じゃなくって、白骨だった」

「え？」

手ぬぐいの写真を撮り終えると、リュックを開けて、二人は内部の撮影を始めた。

スケールと並んでシートに載せた手ぬぐいが、たぶん手首を包んでいた品だ。

「白骨化？　白骨化ってどういうことです？」

恵平には理解できない。同時に遺棄されたはずのバラバラ遺体なのに、一部だけ白骨化が進んでいるなんて。

「スーツケースや鞄《かばん》の死体とは、遺棄され方が違ったってことですか？　でも……」

そんなことがあり得るだろうか。それとも胸部と足は冷凍したが、手首は冷凍していなかったのか。時間をずらして遺棄されたため、すでに腐っていたのだろうか。

「わからねえんだよ。同じ事件か、それとも別の事件なのか、なあ」

すべての写真を撮り終えたらしく、伊藤はようやく恵平を見た。

「他にも何か捨てられていないか、潜水班が潜ったんだがな、あんな目立つ場所で遠くへ投げ込むこともできまいから、常識の範囲でブツを遺棄できる場所中心に調べたら、出てきたのがこれだったたってわけなんだ。中には白骨化した左手首が入っていたが、男じゃなくて女のものだ」

どうしてそれがわかるのだろうと考えていると、桃田がデジタルデータを見せてくれた。手首はすでにここにはないが、手ぬぐいに包まれて濁り水に浸った手首の骨と、リュックから取り出され、スケールと一緒に写された手首を見ることができた。

「この風船は何ですか？」

写真には、ビニール袋を膨らませたような物も写っている。

「ポリ袋だね。スーパーで惣菜《そうざい》とかを入れるような薄い品」

「どうしてここに写っているんです？」

「骨と一緒に入っていたから」

すました顔で桃田は言った。

「袋からは指紋が出たから、今奥で調べてる。複数検出されているけど、誰のものかはわからない。本当にスーパーの人のものかも」

恵平は眉をひそめた。

「そうじゃなくて、どうして一緒に入っていたんですか」

「リュックが浮くようにしたんだろうよ」

伊藤が言った。

たぶんそうだろうと思いながらも、そんなはずがないから訊《き》いたのだ。

「リュックをお濠に捨てたのに、どうしてわざわざ浮かすんですか？　布製リュックを使用したのは、沈めるためじゃないんでしょうか。それなのに、浮き輪代わりに袋も入れた？」

「まったくな。ちんぷんかんぷんのシッチャカメッチャカだ」

伊藤は強く吐き捨てた。今はまだ、何もわかっていないのだ。

写真の手首は橈骨《とうこつ》から先がなく、薬指に指輪が残されている。シンプルな結婚指輪でも、宝石をはめ込んだ婚約指輪でもなく、若い子がするようなファッションリングだ。恵平は写真を覗《のぞ》き込んで、思わず言った。

「あ、これ知ってる。氷雪《ひょうせつ》のシルバーリングですね？　若い子に人気の」

「若い子に人気の、なんだって？」

「氷雪をデザインしたシルバーリングです。毎年ちょっとずつデザインを変えて、クリスマスの頃に売り出すやつです。大学の友だちがコレクションしていて、いいなあって思うけど、お高めなので、私はちょっと……」

「ぼくもネットで調べてみたんだ。期間限定のクリスマスセールで八九〇〇円になっていたけど、まったく同じデザインじゃなかったんだよね。そうか。毎年デザインが変わるのか」

カメラをしまいながら桃田が言う。

「その値段でも高いです」

「このデザインはいつのだ？　わかるか？」

伊藤が訊いた。恵平は首を傾げる。

「わかりません。でも、メーカーに聞けばわかるんじゃゃ……」

「オッケー、そっちはぼくが調べる」

桃田は微物の採取キットを指さした。

「冷凍遺体に白骨遺体、しかもバラバラ。うちの署内は大騒ぎ。イルミネーションが光っているうちに帰りたかったら仕事しないと。採取を頼む」

それで恵平は手袋をはめ、ピンセットを持ってリュックに向かった。

伊藤の指示を仰ぎながら微物の徹底採取に励む。同じ署内の講堂では、平野が捜査会議に出ているはずだった。


怒濤《どとう》の忙しさだったクリスマスの夜、恵平が仕事を終えたのは、まさに日付が変わる寸前だった。桃田からはああ言われたが、イルミネーションが消える午後十一時までに署を出ることはできなかったのだ。

皇居のお濠や東京駅周辺からは、それ以上、不審なバッグや容れ物《い》は発見されていない。捜査本部は残された部位を捜すため、ゴミ集積場やその関連施設に協力要請をしたのだが、ただでさえ廃棄物が増えるこの季節、業者はゴミの不審さよりも効率を重視しがちで、あまり期待できないだろうと伊藤は言った。バラバラ事件では被害者の身元を割り出すことが急務だが、見つかった部位にはこれといった身体的特徴がなかった。捜査本部が捜したいのは多くの情報を持つ頭部や、内臓疾患の痕跡《こんせき》が残る腹部、そして指紋が採れる手首である。ひとつの身体をバラバラに語らなければならないところに、恵平は不自然さと痛ましさ、残忍さを感じてしまう。

「はあ」

と、大きなため息を吐いた。

署を出たところで空を仰ぐと、こんな時間でも摩天楼が輝きながらそびえていた。十二月というのに郷里では考えられないほど暖かく、随所から人の気配が漂ってくる。信州西山あたりの真夜中は、枯れ木立にぽっかり口を開けた夜空に降るほどの星が光っていた。風は身を斬るほどに鋭くて、黒々と枝の揺れる様が恐ろしかった。

真夜中の孤独感と圧倒的な心細さを、この街では感じない。口元に両手をかざして、「ほうっ」と息を吹きかけてみる。こんな仕草すら、東京へ来てからしたことがない。

「よっ」

突然、背後で声がした。驚いて振り向くと、平野が疲れ切った顔で立っていた。

「ようやく上がりか？　そっちも大変だな」

珍しく薄手のコートを羽織っている。目の下に隈《くま》の浮いた顔を眺めて恵平は言った。

「平野先輩こそお疲れ様です。またこんな事件が起きちゃって……」

するると平野は苦笑した。

「事件はどこでも起きてるさ。年の瀬にぶった切られた被害者のことを思えば、頑張らなくちゃな」

そう言って敷地を出て行く。なんということもなく、恵平もそれに続いた。

「今日、別に手首が見つかったみたいですけど」

東京駅に向かって少しだけ歩き、最初の交差点を左へ曲がると、寂れた地下道の入口がある。それと知っていなければ見過ごしてしまうほど存在感のない入口で、見た目は公衆トイレか、ゴミ置き場だろうかと思うほどだ。東京は凄《すさ》まじい勢いで近代化していくけれど、昔の景観もしぶとく残っている。だからこそ古いものとの落差が際立っていて、恵平は東京のそんなところに魅力を感じる。今風なもの、現代的でお洒落《しゃれ》で清潔なもの、未来的なものを無感覚に尊いと考えていた少し前の自分は、丸の内西署へ配属されて考えが変わった。煌《きら》びやかな都会にいればこそ、人の体温や暮らしぶりが透けて見える古い家や路地が大好きだ。

「手首は別の被害者だ。骨のサイズからして女性だし、年齢も若そうだってさ。科捜研でDNAを調べているが、少なくとも一年以上前には死んでいたみたいだ」

「私は現物を見てないいんですけど、機械で切断されていたんですか？」

「いや」

と、平野は足を止め、ポケットに手を突っ込んだまま振り向いた。

「切断の痕跡はなかった」

「私、リュックの微物を調べたんです。サンプルを科捜研に送りましたけど、手首を包んでいた手ぬぐいから、泥と土が出ています」

「一部屍蠟《しろう》化したところもあったから、土に埋められていたんじゃないかと思う」

「手首を切ってから埋めたんですか？」

「埋めてあった死体から、手首だけ掘り出したものかもな」

埋めた死体から手首だけ掘り出す？　恵平は顔をしかめた。

「何の為にそんなことをするんですか」

「知るかよ。それを調べるのが仕事だろ」

平野が喋《しゃべ》ると吐息が白い。暖かいようでもやっぱり十二月なのだなと思う。

彼はまた歩き出し、付いてくる恵平に背中で言った。

「ダミさんの店で忘年会やるつもりだったけど、こりゃ、無理そうだなぁ」

呉服橋のガード下で焼き鳥屋を営むダミさんは、土曜の夜だけ伯父《おじ》さんのスナックを手伝っている。お姉サマがマスターをしているバーが何軒か集まっている界隈《かいわい》で、その晩だけは女装してカウンターに立つのだという。恵平は一度だけダミさんの女装を見たことがあるが、気合いの入った美熟女ぶりだった。この暮れはお客としてそのスナックへ行ってみようと、少し前に平野と話した。こんな事件がまた起きて、もちろん忘年会どころの騒ぎではないが。

平野は疲れたように足を引きずっている。

市井が浮かれるイベント月は警察官の繁忙期だ。平野の汚れた革靴は、ペイさんの話を思い出させた。昭和初期にも起きたというバラバラ事件は、東京中を震撼《しんかん》させたことだろう。死体をバラバラにするなんて、当時は考えもしなかったに違いない。こういう事件は誰かが始め、その後、真似されてしまうのだろうか。

「先輩はご存じですか？　バラバラ事件の語源になった凶悪事件があったんですって。江戸川乱歩や……えーと――」

江戸川乱歩以外、当時の作家を知らなかった。

「――有名な作家先生たちが、競って犯人を推理したとか」

「へー」

平野は興味がなさそうな声を出す。その足が向かうのは地下道の入口だ。

ビルの谷間にひっそりとあるそれは、なにかの弾みで進化していく都会からこぼれ落ちてしまったような外観で、急激に地下へ落ち込んでいく天井が、錆《さ》び付いた入口から見て取れる。入口上部に坑道の名前があるが、サイン用のアクリル板が劣化していて、しかもLEDではなく蛍光灯なので、チカチカと明滅してよく読めない。天井からは剝《は》げかけのペンキが、日焼けした皮みたいに垂れ下がっている。階段は剝《む》き出しのコンクリートで、内部を照らすのも切れかけた蛍光灯だ。

「行ってみるんですか？」

平野の前に出て恵平は訊《き》いた。

「どう思う？」

と、平野も訊《たず》ねる。

「今夜はお互い素面《しらふ》だし。でも、酔っ払っているときと同じくらい、疲れで全身ふらふらだ。そんな状態なら行けると思うか？」

恵平は足を止め、坑道の入口を見下ろした。

ついひと月ほど前のこと。恵平と平野は伊藤から不思議な話を聞いた。警視庁のO

Bが集まると、たまさか囁《ささや》かれるという都市伝説だ。

東京駅周辺のどこかに赤煉瓦《あかれんが》の古い交番がある。管轄がどの署で、場所がどこかはわからない。そこを訪れた警察官は何人もいるが、戻ってから調べると、その場所には交番がないとわかる。迷い込むと年取ったお巡りさんが美味《おい》しいお茶を出してくれるが、再び行こうとしても辿《たど》り着けない。鬼籍に入った伊藤の先輩も、前の警視総監も、その交番を知っていたという。

交番の名前は『東京駅うら交番』。番人は柏村敏夫《としお》という老警官だ。

「行きたいんですか？　それなら、ちょっと待ってください」

恵平は平野を引き留めた。

それから地下道入口に向かってまっすぐ立つと、

「どうかお願いします。柏村さんのところへ行かせてください」

そう言って深々と頭を下げた。

「バカか？　誰に頭を下げてんだ」

平野が笑う。

「笑ってる場合じゃないですよ」

恵平は大真面目に言った。

「行こうと思っても行けないってことは、神秘の力が働いてるってことでしょう？　それならちゃんとお願いしないと、失礼だって思いませんか？」

平野は眉《まゆ》をひそめたが、素直にも姿勢を正し、ほんの微《わず》かだけ頭を下げた。

「そうですよ。そうでなくっちゃ」

「てか、後輩のおまえが言うな。駅は拝むし、小汚ねえ地下道には頭を下げるし……ついていけねえ」

平野は両手をポケットに突っ込んだまま、恵平より先に階段を下りた。

「さっきの話の続きですけど、私、ネットで調べたんです。そうしたら、語源のバラバラ事件が起きたのが昭和七年の三月でした。この前会ったとき、柏村さんは昭和三十二年の十一月現在だと言ってましたから、もしかして、語源のバラバラ事件のことも知っているかもしれないですよね」

恵平は三度、平野は二度、その交番へ行ったことがある。どういうメカニズムなのか不明だが、行けるときはすんなりと交番に出てしまうのだ。

靴磨きのペイさんも柏村を知っていて、小僧の頃から靴を磨かせてもらっていたという。柏村は実在した警察官で、昭和三十五年、都内で起きた人質立てこもり事件で殉職した。享年六十五歳。京橋《きょうばし》にあるポリスミュージアム・警察博物館の顕彰コーナーに遺影が安置されている。

「たしかに昭和三十二年と言った。昭和三十二年、十一月二日だと」

ポケットから手を抜いて、平野はガリガリ頭を掻《か》いた。坑道内部は小便臭く、蛍光灯は相変わらず明滅し、地下道の壁から水がしみ出て、気味悪く床を濡《ぬ》らしている。

「私も聞いて、ゾッとしたので覚えています」

「つまり、幽霊じゃないってことだろ？」

「幽霊はお茶を淹《い》れられないと思います」

そこかよ、と平野は笑い、先へ進んだ。恵平も後に続いた。

ここを通って交番へ行けたのは酔っ払ったときばかりである。足が滑りそうな階段も、小便臭さも気にならない場合だったとでも言おうか。素面だと、明滅する光は真っ暗よりも数倍不気味で、通路脇に掘られた水抜きの溝や、濡れて地面に張り付いたティッシュのカスや、行儀の悪い誰かが捨てた吸い殻が汚らしくてゾッとする。

前に行けたのが柏村の世界で昭和三十二年だったなら、殉職までは三年しかない。

あの交番は何なのだろう。柏村は何者なんだろう。

互いに言葉に出すこともなく、恵平と平野は地下道を行く。薄暗い坑道は先の先まで見通すことができなくて、通路の溝と腰壁と、上部に向かってアーチを描く天井部分が、進入する者を拒むかのように薄暗がりへ消えていく。

「……あっ」

突然、恵平は足を止め、それから一気に歩調を速めた。

坑道脇に地上へ向かう出口が見えて、そこから風が吹いてくる。温《ぬく》んだ土と、草木が芽生える匂い。都会で嗅《か》ぐことのない自然の風がそちらのほうから吹き込んでくる。

「先輩、行けます。柏村さんに会えますよ」

「なんでそう言い切れるんだよ」

「匂いです。風の匂いが違うんです。あの交番へ行けるときは」

恵平は平野を追い越すと、飛ぶように階段を駆け上がった。


追いかけて平野が地上へ出たとき、道の向こうに、高架橋に食い込むような赤煉瓦の交番が立っていた。摩天楼はなく、遠い朝焼けが黒々と町のシルエットを浮かび上がらせて、夜空へ消え損ねた星がまだ点々と瞬いていた。どこかで犬の遠吠《とおぼ》えがして、広々とした空をぬるい風が渡っていく。

交番には丸くて赤いライトが下がり、その下で柏村が古い自転車を磨いていた。

「うわ出た……マジかよ……」

平野が呟《つぶや》く。

地下道は間違いなく現代の丸の内から続いていたのに、ここは昭和の町である。それが証拠に電信柱の影が立ち、支柱に伸びた電線が延々と町の向こうへ続いていた。

「柏村さん、柏村さん」

道路を挟んだ交番へ、恵平は真っ直ぐ走っていく。旧知の友に会えたかのようなはしゃぎっぷりだ。

「ううマジか……」

平野はもう一度呟いた。

自転車のハブにオイルを注《さ》していた柏村が驚いたように顔を上げる。足下に黄色い小さな木箱があって、牛乳の名前が書いてある。シャツを裂いたウエスや工具を入れて、道具箱代わりにしているようだ。

「また君たちか」

柏村は、眉尻《まゆじり》を下げて苦笑した。

こうして現れる恵平や平野のことを、柏村はどう思っているのだろうか。

「はい、また私たちです。覚えていてくれましたか？」

垂れた油を丁寧に拭《ぬぐ》って牛乳の木箱にウエスを片付け、膝《ひざ》に付いた土を払って、柏村は立ち上がる。

「警察官の卵のきみと、そっちのきみは刑事だったね」

「どうも」

　と平野も頭を下げる。

「こんな時間にどうしたね？　またも事件か？　風俗がらみの？」

「どうして風俗だと思うんですか」

　平野が訊《き》いた。

「そりゃ……こんな時間に聞き込みに歩いているからさ」

　東京駅うら交番は信じられないほど敷地が狭く、入口ドアも縦型の窓も、木枠にペンキを塗って、板ガラスがはめ込んである。内部にはテーブルと椅子しかなくて、奥に当直用の部屋がある。コンロがひとつ、申し訳程度のシンクがひとつ。

　ところがそのコンロで沸かしたお湯で、柏村が淹れてくれるお茶が絶品なのだ。恵平はあとにも先にも、それほど香ばしいお茶を飲んだことがない。

「寄っていくかね？　その顔じゃ、話があって来たんだろうね」

『おいしい牛乳』と描かれた道具箱を小脇に抱え、柏村は交番の扉を開けた。

　前に来たときとまったく同じに、デザインも大きさもバラバラな椅子が三脚、狭い室内に置かれている。机にあるのは黒電話で、パソコン代わりに大学ノートと、厚紙を綴《つづ》り紐《ひも》で綴《と》じたフォルダが立ててある。ペン立てはヨーグルトの空きビンで、赤鉛筆と青鉛筆と普通の鉛筆が挿してある。

平野が先に、続いて恵平が交番に入ると、柏村はヤカンに水を汲《く》んでコンロにかけた。今さら気付いたが、ワンタッチで着火するタイプではなく、マッチを擦って火を点《つ》けている。天井から下がるのは丸いライトで、古い校舎か、お婆ちゃんのタンスのような匂いがする。

「柏村さんに訊きたいことがあったんです」

柱時計がカチコチカチと響いている。今この時は昭和何年の何日だろう。

「はて。本官に答えられることだろうかね」

ブリキの急須《きゅうす》にほうじ茶を入れながら柏村が問う。

恵平に下駄を預けたらしく、平野は黙って丸椅子に座った。

「昭和七年の三月に、バラバラ事件の語源になった殺人事件が起きたと聞きました。柏村さんはご存じですか？」

ヤカンがシュンシュン湯気を噴く。火の上でヤカンを回しながら柏村は言った。

「玉の井の事件のことだろうかね？　おはぐろドブから死体が出た」

「そうです。その事件です」

「ご存じですか？」

と平野も訊いた。

柏村はいつもの盆に丸い湯飲み茶碗《ちゃわん》を三つ載せ、ブリキの急須を下げてきた。それらをデスクの隅に載せ、茶葉が開くのを待っている。風が窓をカタカタ揺らして、犬の遠吠えが寂しく聞こえた。

「いつだったか……きみたちに話したことがあったろう？　岩渕宗佑《いわぶちそうすけ》というやもめ男が恋仲になった娘を殺し、乳房や性器や首を抉《えぐ》り落として逃げた事件だ」

その話を聞いたのは、柏村の世界で昭和三十二年十一月二日午前一時のことである。

「覚えています。凶悪犯が逃亡したということで日本中が大騒ぎになったけど、本人は犯行直後に自殺していたんですよね」

三つの茶碗に柏村は、均等に茶を注ぎながら頷《うなず》いた。

「あちらも、玉の井バラバラ事件も、同じ年に起きたのだ。あちらが二月でこちらが三月。本官がいた外亀戸《そとかめいど》署を含め、二千人もの警察官が動員されたが、いかんせん被害者の身元がわからず、捜査本部はその翌月に解散した」

「でも、犯人は捕まったんですよね？」

「どうぞ」

と、柏村は盆を差し出す。

透き通るような琥珀《こはく》色、香り高いほうじ茶を、恵平と平野はそれぞれ取った。

「うわ、おいしい。何度飲んでもメチャクチャおいしい」

「きみの言葉はいつも変だな」

柏村が笑う。こちらの世界では柱時計が午前三時四十五分をさしていた。

「人間の胴体を三つ切りにして、首も手足もバラバラにして、ドブに捨てるなんて酷い事件はそれまでなかった。いや、遺体を損壊しただけならば米騒動の頃が最初の事件で、それを真似た事件も後に起こったらしいがね、バラバラ事件という言い方はしなかった。当時は岩渕宗佑の事件が起きたり、血盟団による要人暗殺クーデターが起きたりで、警察もバタバタしていたからな。玉の井の事件など、当初は報道も小さかったのだが……あれは、そうだな。捜査本部が解散して、事件が迷宮入りしそうだと噂が立ったとたん、にわかに異常性がクローズアップされたのだ。時代的なものもあったのだろうが、人をバラバラにしたり皮を剝《は》いだり……カストリ性が聴衆の興味をかき立てたんだ」

カストリとは耳慣れない言葉だけれど、玉の井の事件を調べたとき、恵平は偶然にもその意味を知った。ようやく出版物が自由化されるようになった戦後には、粗悪な紙に印刷された大衆向け雑誌が数多く発行されたのだという。内容は安直で興味本位なものがほとんどで、エログロがもてはやされたようである。

柏村は時代のせいだと言うが、猟奇事件がセンセーショナルに報道されるのは現代でも同様だと、恵平は思う。

「その事件では、結局どうやって被害者の身元を割り出したんですか？」

平野が訊いた。両手にしっかり茶碗を持って、中身をほとんど空にしている。平野もまた一刻も早く、被害者の身元を割り出してやりたいと考えているに違いない。

「やっぱり首が見つからないとダメなんすかね」

今回の事件で見つかったのは被害男性の両足首と大腿部《だいたい》と胸部だけだ。尤《もっと》もそれらから四十代程度ということと、身長一七五センチ前後のがっしりした体格、肉体労働者ではないことなどがわかっている。現代ではＤＮＡ鑑定もあるし、骨格から全身の状態を割り出す技術も進んでいる。

「当時本官は別の事件を追っていたのでね。話に聞く以上のことは知らないのだが」

柏村はそう前置きをして、茶を飲んだ。

「首が見つかったことはやはり大きいだろう。目立つ特徴がわかるから。あと、被害者の腰あたりに皮膚病を患った跡があって、それも特定に役立ったんだ」

当時を思い出すように天井を見る。柏村は彫りが深く精悍《せいかん》な顔立ちだ。老いてはいるが、両目がくっきり大きくて、鼻梁《びりょう》が通ったイケメンでもある。

若い頃はどんな刑事だったのだろう。恵平は静かに思う。

「被害者の身元が判明したのは、捜査本部が解散してからだったんですか？」

今度は自分でも訊《たず》ねてみた。

「そうだ」

と柏村は大きく頷く。

「帳場が立った所轄の署長が、捜査本部解散の数ヶ月後に課長として捜査一課へ異動になった。彼は犯人を逮捕できなかった責任を感じていたから、捜査一課へ配属されると異例の訓示を行ったのだ。事件は、それで動いた」

二千人もの捜査員を動員しても被害者の手がかりすら得られなかったのに、署長が捜査一課へ異動したら事件が動いたとはどういうことか、恵平も平野も無言でその答えを待った。柏村は大きな目で恵平を見つめ、それから平野に視線を移した。

「ほとんどの警察官にとって、被害者や犯人は見ず知らずの他人だし、どこの誰ともわからなければ、その人物に思い入れもない。だから事件を解決するには、責任と情熱が必要になる。罪を憎んで人を憎まずという言葉があるがね、時には犯人を憎む気持ちが刑事の志気を上げるのだ。玉の井の事件でそれを持ち続けていたのが所轄の署長だった男だよ。彼は、だから訓示を行った。必ず犯人を挙げてみせよと。そして訓示を聞いた者のなかには、その熱意を我が事のように受け止めて、犯人を挙げてみせると誓った者がいた。派出所勤務の警察官だよ」

柏村はニヤリと笑った。

「訓示を受けて、派出所のお巡りは被害者の特徴や事件の概要を一から調べ直したのだ。そして突然思い出す。三年も前の、あることを」

「三年も前の」

オウム返しに恵平が呟《つぶや》く。それが事件と、どう関係してくるのだろうか。

「彼の派出所では三年前に、子供と、その父親を保護していたのだ。勤務中、トボトボと町をうろつく親子を見かけて不審尋問をしたのがはじめだ。父親は秋田の生まれだが、今は行く当ても、食べ物を買う金もないというので、派出所へ連れてきて出前を食わせ、汽車賃を与えるなどして面倒をみた。その男が被害者の特徴に似ていた気がする。皮膚病を患っていたし、八重歯など生首の特徴も合致しているように思われた。派出所では名前や出身などを聞いていた。警官は三年前の調書を調べ、所轄に連絡したんだよ。父親の名前は亀田富治で、当時二十七歳とある。娘のハナは当時で九歳。この情報を元に所轄が戸籍を調べてみると、同名で三十歳になる男が本郷《ほんごう》区にいるとわかった。娘の名も、年齢も合致する。富治は本郷に住む家族の世話になり、今ではその家の娘と再婚して魚屋をしているという」

「被害者だったんですか？」

柏村は頷いた。

「捜査員が本郷の家を訪ねると、ハナはいたが亀田はいない。郷里で金を工面してくると言って家を出たまま、戻っていないことがわかった」

「もう死んでいたってことか」

「そうだ」

と柏村は平野に言った。

「さらに調べを進めると、本郷の家族と亀田のあいだで金がらみの揉《も》め事が絶えなかったこともわかった。亀田は紐《ひも》のような存在で、魚屋をやるといっては働かず、家の金を勝手に持ち出したり、家族に暴力を奮ったりで、世話になった家族の身上《しんしょう》を食い潰《つぶ》していたというんだな。犯人はすぐ割れた。その家の長男が、『自分がやった』と自首して出たのだ」

「原因は家庭内暴力だったんですね」

恵平が訊く。柏村は大きな目で恵平を見た。

「それならわかりやすいがね、そう単純な話でもなかったのだよ」

柱時計がカチカチ鳴った。微《かす》かに空が白み始めて、夜明け前の爽《さわ》やかな空気が、隙間風に混じって交番の中へ吹き込んだ。

空になった平野の茶碗《ちゃわん》にほうじ茶を注いで、柏村は言った。

「事件というものは『謎合わせ』みたいなものだ。こっちの言い分、あっちの言い分、双方の言い分に注意深く耳を傾けても、本質は杳《よう》として知れずということがある。あの事件はそんなものだった」

「犯人は長男じゃなかったんですか？」

「いや、長男だったよ」

柏村は皺《しわ》の寄った目をしばたたいた。日に焼けた肌に髭《ひげ》の剃《そ》り跡が浮かんでいて、そこに白いものが交じって見えた。

「当時は関東大震災後の復興さなかだ。あっちにもこっちにもバラック小屋が建って、食い詰めた農村から、職を求めて大勢が東京へ流れ込んで来た。死体が発見された玉の井あたりは私娼窟《ししょうくつ》で、酒を売る店が五百軒あまりもひしめいて、そこで女が稼いでいたのだ。バラバラにした遺体は行李《こうり》に入れて、タクシーで運んできたらしいがね、あれほど人のいる場所で死体を捨てても、誰もそれに気がつかなかったのは、自転車や背中に行李を載せて行商する人が多かったからだ。他人のことなどかまっていられない、みな生きるのに必死だったせいもある。毎日のように新しい人が流れてくる。顔ぶれも何もかも目まぐるしく変わる。そうかと思えば、家も職も失って、ゆくあてのない者たちがそこら中にゴロゴロしている。公園のベンチ、駅の植え込み、空き地や道端に人がいても誰も気に留めない。そんな時代の事件なのだよ」

恵平の脳裏を、年末年始を生き抜くために置き引きをした老人が過《よ》ぎった。

「犯人家族はある日、一日中ベンチに座っている亀田と、ひもじさに泣くハナの姿を見るに見かねて声をかけた。すると亀田は、妻に死なれ、病気にもなって、薬代も行く当てもなく、途方に暮れていると涙ながらに訴える。あまりに子供が不憫《ふびん》だったので、最初は握り飯やバナナを持っていって食べさせていたのだが、世話するうちに子供になつかれ、ハナ可愛さに、とうとう自宅に連れて帰った」

「そうやって助けられたのに、働きもしないで暴力を奮うようになったんですか？」

殺人を肯定するわけではないが、恵平は一抹の同情を犯人に感じた。

「でも、亀田は結局、妹の亭主に収まったんですよね」

片や平野はそう訊いた。

柏村は複雑そうな表情をした。

「易々と収まったわけではない。亀田親子が転がり込んだ頃、妹は他に男がいたからね。銀座《ぎんざ》のバーで働いていた頃の客だったらしいが」

恵平は口をつぐんだ。今も昔もどうして人は、酒と女が好きなのだろう。

「亀田親子を保護した家には父親がおらず、母親、長男、長女、次男、次女という家族構成だった。尤《もつと》も長女はすでに嫁いでいたため、長屋に住むのは母親と男兄弟、妹の四人だ。

家に連れ帰った当初、亀田は優しく物腰も穏やかだった。何よりハナがかわいらしかったので、妹の亭主として家族に迎え入れようと思ったが、妹は他に男がいるので首を縦に振らない。ところが妹に子供が出来たと知るや、男はさっさと逃げ出した。

妹は逃げた男の子供を産むが、そのお産が難産で、亀田が恩返しとばかり輸血に協力したこともあり、結局二人は結婚した。

ところがいざ正式に家族になると、亀田が豹変《ひょうへん》したというのだ。仕事を紹介しても働かず、魚屋を始めるつもりだと言っては一日中ゴロゴロしている。受け入れ先の家族も裕福じゃない。みんなで必死に働いてようやく生計を立てていたところに、フーテンの亀田と食べ盛りのハナが転がり込んで、赤ん坊まで生まれたんだ。当然家の中はギクシャクするし、腹が立って小言をいえば、亀田が暴力を振るって母親や妹を殴る。果ては家の金を持ち出すわで、ようやく生まれた赤ん坊も、逆さまに振り回して死なせてしまった。このまま同居させておいてはどうなるかわからないと、たまりかねた長男が殺害を決意したというわけだ。長男の自供はこうだ」

柏村はしばし沈黙してから言った。

「……長男は家族の誰にも知らせずに決行の時を模索した。特にハナが悲しまないよう心を砕いた。次男は印刷工場で働いていたから、彼が会社へ行くのを待って、母親と妹、ハナを銭湯に行かせた。いつものようにゴロゴロしている亀田を茶の間で襲って、金鏝《かなごて》で殴り倒し、紐で首を絞めて殺したという。

遺体は床下に隠しておき、家族には『説得して郷里へ帰らせた』と話し、ハナには『お父さんはすぐ帰るからね』と言って安心させた。そして次の機会を待った。

約一週間後、再び家族を外出させてから独りで遺体を解体し、運びやすい大きさにして捨てたのだと」

恵平は顔をしかめた。

冷凍遺体を輪切りにする所業もおぞましいものだが、一週間も経った死体を包丁やノコギリで切断するなど、想像できないし、したくもない。血まみれの床や流れ出た内臓が目に浮かぶようで、慌てて頭《かぶり》を振って意識を飛ばした。

「後日、長男の供述通りに、陸軍火薬研究所脇のドブから腹部が、弟が勤めていた印刷工場の、使われていない建物の床下から四肢が発見されて、長男の犯行が裏付けられた。逮捕時に長男はこう言い放ったそうだ。

死体をバラバラにする間、私には、恐ろしいことをしているという考えはまったくありませんでした。『この手が俺を殴ったのだ』『この足が母を蹴《け》ったのだ』『妹の子を殺したのは……』と、憎しみ一杯の心でやりましたから、むしろ、少しずつ恨みが晴れていったような気がしました。すべては家族のためだったとね」

「母親を銭湯へ行かせているんだから、計画的な犯行だったことはわかるし、そのほうが罪は重いけど、そうしなければならないほど追い詰められていたんですね」

「そんな正当化があるかよ」

怒ったように平野が言った。

「亀田には娘がいたんだぞ？　しかも娘は家族になついて……恩人に父親を殺されたってことになるんだぞ」

「でも、家族は善意で面倒をみたんですよ？　自分たちの生活を切り詰めて、本当の家族として迎え入れたのに、勝手にお金を持ち出されたり、暴力を奮われたりじゃ……殺人は肯定しませんけど、でも、泣き寝入りしていればよかったんでしょうか。恩を仇《あだ》で返すって、こういうことを言うんじゃないですか」

「じゃあ、俺たちはなんのためにいるんだよっ」

平野は恵平を振り向いた。やるせなくてたまらないといった瞳《ひとみ》で。

彼のこういう正義感が、恵平は嫌いじゃない。

湯飲み茶碗《ぢゃわん》を盆に置き、柏村が静かに続ける。

「きみの気持ちはよくわかる。実際、世論もきみ寄りだったよ。この事件は注目を集めたからね、犯人が逮捕されてからも報道は止まなかった」

柏村の目が光っている。彼は鋭い眼差《まなざ》しを恵平に向けて、動きを止めた。

「長男が自供したので、警察は家族との接見を許した。新聞記者もついて来た。面会の席で長男は、『俺が悪かったんだ』と涙を流した。すると弟も、『兄さんじゃない、悪かったのは自分のほうだ』と兄を庇《かば》った。長男はさらに、『事件が発覚したら自殺するつもりでいた』と、パンツから重クロム酸カリを取り出して見せたので、世間の同情を大いに集めた」

恵平はその事実に胸を衝かれた。

彼らが『悪かった』と言うそのわけが、殺人や遺体損壊、遺棄ではなくて、路頭に迷う親子に施した親切を指しているとわかったからだ。

困った人を見かけたときに、それが素性のわからない相手であれば、放っておけというのだろうか。路頭に迷う父子に施す善意にボーダーラインは必要だろうか。相手が羊の仮面を被《かぶ》っていたら、見破れないのは罪なのか。

「もしもその家族が手を差し伸べなかったら、亀田親子は死んでいたかもしれないんでしょ？」

「そうだな」

と、柏村は言う。

「でもそれは、殺されるのとは違うだろ」

「じゃあ、二人が飢え死にするのを見てたらいいって言うんですか？　そんなこと、普通はできないと思います」

「今、この瞬間にも、世界中でどんだけの人が餓死していると思ってんだよ」

「そうかもしれないけど、死にそうな人が目の前にいたら、平野先輩だって助けるでしょう？」

「そりゃ助けるよ？　刑事だからな」

「うそ。刑事でなくたって助けますよ。人として助けます、絶対です」

平野は「うーん」と唸《うな》って黙ってしまった。

被害者をバラバラにする凶悪犯。血も涙もない人格破綻《はたん》者。恵平が犯人に重ねたイメージはそのようなものだったのに、柏村の時代に起きた凶悪事件は違っていた。

では、犯人は、どうすればよかったというのだろう。行く当てのない亀田は、ようやく見つけた居場所を去らないだろうし、そのまま同居を続ければ、母親や、妹や、もしかしてハナまでも暴力に晒《さら》され続けたかもしれない。

恵平の気持ちが大いに犯人に傾いたとき、柏村は言った。

「事件は謎合わせのようなものだと言ったろう？　人間には知恵がある。罪悪感も倫理観も持っている。だからこそ我々は、視野と視界を駆使しなければならんのだ」

「視野と視界ですか……って、え？」

両方とも見える範囲のことではないのか。恵平はその差がわからず平野を見たが、平野も同じ考えらしくて、恵平の視線を無視したままだ。ややあって、柏村が笑う。

「一点を見つめたときに見えるのが視野。目を動かして見えるのが視界だ」

「あ、なーる……」

平野がそっと膝《ひざ》を打つ。

「きみが」

と、柏村は人差し指を恵平に向けた。

「心を打たれたように、事件のあらましを聞いた多くの人も心を打たれた。哀れみはむしろ被害者より加害者に向き、刑を減免するための嘆願書が出された」

「それでどうなったんですか？」

恵平が訊《き》くと、柏村はまた笑う。なんとも言いようのない微笑みだった。

「本官は刑事をしていた。だからこそ知っている。犯人はひとつの秘密を隠すため、何百もの嘘を自供するものだ。ペラペラ、ペラペラとな」

厭《いや》な感じがした。そりゃ、捕まりたくないから嘘は吐くだろうけど、バラバラ事件を自供してまで隠したいことなどあるはずもなく、恵平には柏村の言葉の真意が理解できない。ところが平野はこう言った。

「真犯人は弟ですか」

柏村は平野に目をやり、それから静かに頷《うなず》いた。

「えっ、そうなんですか？」

だとしたら、心はさらに犯人擁護へ傾いていく。弟の罪を兄が被ろうという兄弟愛。亀田という男と出会いさえしなければ、家族は幸福に暮らしていけたはず。

深々《しんしん》と時が過ぎ、天井の隅の暗がりが濃くなっていく。ガラス窓の外で、夜が静かに明けていくのだ。

「よく覚えておきたまえ。警察官は人間だ。だから心が動くことを恥じる必要はない。でも人間だからこそ慎重且つ公平に、自供の粗《あら》を探らねばならん。本官らは人を裁けない。だが真実はすべて伝える必要がある。信じたくないことでもね。辻褄《つじつま》の合わない部分があれば、本人だけでなく、本人を知る人からも、被害者を知る人からも、多角的な視野で事件を探る。平面ではなく立体的に、あらゆる角度から証言を得る。それらを組み合わせていったとき、謎合わせがひとつにはまる瞬間がくる。ピッタリとする。そのときにわかる。これが真実だと。そう思わないときは何かがおかしい。騙《だま》されているのだよ」

「この事件の場合は、どこがおかしかったんですか」

平野は身を乗り出している。彼は刑事だ。真剣なのだ。

「まずは家族の生活状況」

柏村の目が平野に向いて、恵平は、柏村の視線の呪縛《じゅばく》から解放されたような気がした。今、柏村は平野腎臓という青年自体を見定めるかのように見つめている。

「さっきも言ったが、当時は震災後の復興期だ。仕事を求めて多くの人が流入し、貧しさを分け合っていた。加害者家族も母親以外全員が働いていたが、喰《く》っていくのが精一杯だ。子供に握り飯を恵んでやるくらいの親切はできたろうが、病気で働けない父親ともども引き取って、亀田を病院にまで通わせる余裕はどこにもない」

「凄《すご》く親切な人たちだったんじゃ……」

蚊の鳴くような声で恵平は言った。これ以上、柏村の話を聞くのが怖い。

「さらに妹は身重で働けなかった。銀座のバーでは相応の稼ぎをしていたろうが、お腹が大きくては店に出られん。一番の収入源が断たれていたんだ」

「たしかにね」

と、平野が唸る。亀田が家に転がり込んだタイミングがよろしくない。一家は、逼《ひっ》迫《ぱく》していく中で父子の面倒を見始めたのだ。

「亀田の病気が治りさえすれば、一緒に働いてくれると思ったのでは？」

恵平が訊くと、柏村はまた微笑んだ。

いや、微笑んで見えるだけなのか、わからなくなってくる。

「聞き込みをしていくと、加害者家族と同居後しばらくしてから、浅草《あさくさ》あたりの立ち飲み屋や、芝居小屋で亀田を見たという証言が得られた。飲んだくれて数日間も遊び歩いていたとね。そして浅草から姿を消した。家族の証言では、この頃亀田は病気で働けず、まだ病院へ通っていたことになっている」

「仮病だったんですか？」

「皮膚病だぞ？　仮病なんか使えるか？」

「え、じゃ、加害者家族の世話になった当初から、お金を盗んでいたんですか？」

「供述では、最初は優しく、穏やかな性格だったらしい」

それは言葉の綾《あや》なのでは？　今夜の恵平は、どうも勘が働かない。

「じつは俺も、最初から気になっていたことがあります」

平野は茶碗《ちゃわん》を盆に戻した。

「ほう……なにかね？」

平野が感じた疑問すら、恵平には思いつけない。それで恵平は口を閉じ、平野と柏村を交互に見やった。平野は膝の間で指を組み、

「遺体を遺棄した場所ですよ」

と、柏村の眼差しを真っ向から捉《とら》えた。

「長男が、自供通りに自殺を考えるほど家族のことを思っていたなら、四肢を弟の職場に遺棄したはずがないんですよね。でも、弟が真犯人なら別です」

「あっ、そうか。確かにそうですね。いくら従業員の家族でも、部外者がそんなヤバ

いものを持ち込むなんて不自然ですね」

「ヤバいものとは、またも珍妙な物言いだな」

恐らく言葉の使い方が、当時と今では違うのだ。柏村が怪訝《けげん》そうな顔をするのを、遮るように平野が続ける。

「弟のほうが稼ぎがいいから、家族で相談して兄が自首したのかな」

今度こそ柏村は白い歯を見せた。そして何度か頷いた。

「小さな疑問を潰《つぶ》して行くのが捜査の基本だ。真実はそこにある」

ブリキの急須を小さく揺すり、空いた湯飲みに茶を注ぎながら柏村は続けた。

「違っていたのは犯人だけではないぞ。長男の供述は、最初から違っていたのだ」

そしてその目を恵平に向け、

「亀田親子を助けた理由が、先《ま》ず違う」

嚙《か》みしめるようにそう言った。

柱時計が時を刻む音が、自分の心臓の音ではないかと恵平は思った。頭から加害者家族を信じた自分を、警察官として咎《とが》められているような気持ちがした。

「家族は生活に窮していたが、そんな中でも、腹を空《す》かせたハナに握り飯を届けるくらいの善意はあった。自分たちの生活もギリギリだが、さらに貧しい相手を哀れむ心は確かにあった。亀田はそれを見逃さなかった」

「……どういうことですか？」

「亀田は家族にこう言ったんだ。自分は義母と不仲ゆえ、郷里を飛び出して東京へ来てサラリーマンをしていたと。妻に先立たれ、病気で職を失って、今はこんな有様だが、郷里には土地も資産もあると。今では義母も年老いているし、財産は自分のものだから、郷里へ帰ってそれらを処分し、やり直したいと思っているが、汽車賃もない有様ではどうにもならん。助けてくれとね」

恵平は頭の天辺《てっぺん》から血の気が引いていくような気持ちがした。詐欺師がよく使う手口じゃないか。犯人はそれを信じたのだろうか。

そして自分で答えを出した。

「家族は旅費を貸したんですね？　見返りを求めて……ああ……だから亀田と妹を結婚させた？　財産分与に与《あずか》れるように」

「ところが亀田は、借りた旅費で浅草を飲み歩いていたんだな」

厭《いや》そうに顔をしかめて平野が言った。

「そうだ。亀田は汽車賃を手にしたが郷里へは戻らず、頃合いを見計らって本郷へ戻った。そして、田舎では小作争議になっていて、今はまだ田畑を処分できないと言い放ち、紐《ひも》のような生活を続けた。兄弟もバカじゃない。知人に亀田の素性を調べさせると、確かに本人は裕福な農家の息子であったが、嫁をもらっても女遊びが止まないような放蕩《ほうとう》息子で、妻は愛想を尽かして出て行ったまま、田畑もすでに売り払い、食い詰めて東京へ流れてきたということがわかった。正真正銘、行く当てのない無一文だったのだよ」

「それなら家を出て行くはずないわ。行くところがないんだもの」

恵平は悲しそうな声で言った。もはや誰に同情し、誰に怒りを抱いているのか、自分でもわからなくなっていた。

「亀田は家族のお荷物になった。ダニのようなものだ。音もなく身体に張り付いて、吸えるだけ血を吸わなければ去って行かない。無理に引き剥《は》がそうとすれば皮膚を食い破って身体に入るか、病気の元を注入していく。たらふくになって体から離れれば、産卵して何倍にも増え、またも体に張り付いてくる」

言い得て妙な喩《たと》えだと思った。

「真犯人は弟だときみは言ったが」

柏村は目だけで平野を指した。

「もちろん弟も殺人に加担していたが、実行したのは二人だったのだ。兄と、弟……

そして亀田に赤ん坊を殺された妹が、共謀してハナと母親を銭湯に連れ出していた」

「そんな……」

思わず恵平は声を上げたが、平野も驚いたようだった。

「後にわかった実際の動機はこうだ。財産目当てに妹と結婚させてみたものの、亀田は無一文の役立たず。妹の稼ぎが減って一家は困窮。これではどうにも立ちゆかないと、一家は妹を遊郭か銘酒屋街へ売ろうとしたのだ。妹もそれでよかった。だが、そうなると亀田が暴れて妻を放さない。当然だな。彼女がいなけりゃ自分はただの厄介者だ。公然と本郷に住める理由をなくす。そこで兄弟が話し合い、亀田を殺すしかないということになった。二月のある朝、兄弟はスパナと野球バットで亀田を滅多打ちにして殺害。死体は一旦《いったん》台所の床下に放り込み、後に二日がかりで切断し、それぞれの場所へ捨てに行った」

「母親とハナ以外、全員の犯行だったんですね」

恵平は言った。思った以上に小さな声しか出なかった。

「そうだ。ただし兄弟三人ともに、公判を通じて互いを庇《かば》い合う言動だけは一貫していた。母親とハナ、妹を殺しの現場から遠ざけたのも、万が一にも彼女らに嫌疑がかからないようにするためだった。兄と弟が逮捕されても、妹が残れば喰《く》っていけると思ったのかもしれない。ハナを大切にしていた理由も、育てて売るためだという輩《やから》もいたが、本当のところはわからない。すでに嫁いだ長女は黒髪を根元から切って、自らの血で書いた嘆願書を裁判長に提出している」

柏村が注ぎ足してくれたほうじ茶の湯気が、幽霊のように立ち上る。

恵平はそれを、不思議な気持ちで眺めていた。とてつもなく長い物語を聞き終わったような気分であった

「バラバラ事件は……」

平野が言いかけたとき、突然けたたましい音で電話が鳴って、恵平は心臓が縮み上がった。自分や平野のスマホではない。質量を感じる黒電話のベルだった。

「もしもし。こちら東京駅うら交番ですが」

柏村が受話器を取ってそう言った。

「はい。はい。えっ！」

その全身に緊張がみなぎっていく。

恵平と平野は反射的に立ち上がった。

「すぐ向かいます」

柏村は受話器を置くと、壁に掛かった警帽を取った。

「どうしました」

平野が訊《き》く。

「日本橋《にほんばし》警察署から応援要請だ。本石町《ほんごくちよう》付近の日本橋川から男性の部分遺体が見つかったそうだ。きみたちも急げ！」

柏村は二人を追い立てると、さっき油を注《さ》していた自転車にまたがった。

交番の上には高架橋が走っていて、白々と明け初めた空がその上に広がっている。町中を薄く靄《もや》が覆って、塀と、トタンと、土と庭木の匂いがする。柏村はそれ以上何も言わずに、キーコ、キコ、とタイヤを鳴らして靄の奥へ走り去ったが、恵平と平野はその場に立ったまま、この不思議をどう理解したらいいのだろうと考えていた。

「こっちでもバラバラ事件が……」

恵平が呟《つぶや》くと、

「追いかけてみるか？」

と平野が言った。

「柏村さんを、ですか？」

「どう思う？　ていうか、こっちでも夜は明けるんだな。柏村さんが自転車で飛んで行ったってことは、この世界は先へ続いているってことだろ？」

柏村の姿はもう見えない。靄は次第に濃くなって、通りの先に彼を隠した。

恵平は、自分たちが出てきた地下道入口を振り向いた。

「どうしますか？　柏村さんを追いかけているうちに入口が閉じてしまったら。今まで考えたこともなかったけれど、私たちがいつもこっちへ来られるわけじゃないのと同じで……いつも帰れるわけでもないってことが……あるんじゃないかと」

「バカ言うな」

平野も一緒に入口を見る。微《かす》かに明かりがあればこそ、道路に落ちた吸い殻やガム、楊枝《ようじ》や落ち葉が生々しい。それでなくとも今回は特に、いつもより長く交番にいたような気がする。

「その場合、俺たちは昭和に取り残されるってことか」

「そうしたら私たち、向こうではいくつになっているんでしょう。生きてるのかな。もしかして、ペイさんよりも年寄りに？」

計算できない。

平野は入口を向いたまま、

「冗談言ってる場合かよ」

と、吐き捨てた。

「戻るぞ」

ガッと腕を摑《つか》まれて、不覚にも恵平はドキリとした。

朝靄のなか、ぽっかりと口を開けている暗がりへ、平野に引っぱられて走り込む。階段を駆け下りようとした時に、ウー、ウー、ウーという、けたたましいサイレンの音が聞こえた。

恵平が知るサイレンとは随分違う、扇情的で勇ましい音だった。

# 第四章　ペイさんの名推理

地下道のどん詰まりにある階段を上りきったとき、視界に降るほどの光が躍っていた。夜を走る車と、ビルの灯と、カラフルな看板に、星は霞《かす》んでしまっている。

「戻れたか……」

平野は安堵《あんど》のため息を吐き、恵平は堪《たま》らずスマホを確認していた。

二人で地下道に入ってから、ほんの一時間しか経っていない。こちらはまさに真夜中で、真冬の風が吹いている。自分の世界へ戻れたと知ったとたん、恐怖はさらに募ってきた。素面《しらふ》で行っていい場所じゃなかった。見えざる力の悪戯《いたずら》か、それとも偶然なのか、確信のもてない何かに身を委《ゆだ》ねたことの恐ろしさがヒシヒシと胸に迫ってくる。ここが公衆トイレと見紛うばかりの場所でなかったら、いっそ腰を抜かしたいほどだ。無言で震える恵平を振り返り、

「大丈夫か」

と平野が訊いた。

「……や……」

平野は眉間《みけん》に縦皺《たてじわ》を刻んだ。

「や、ってなんだよ。大丈夫なのかよ？」

今度は全身で振り返ったので、恵平が無言で頭《かぶり》を振ると、

「考えてみたら、俺たち素面でよく行ったよな」

そう言って苦笑した。

恵平はもう、なんだか力が抜けてしまって、ついに小汚い壁にもたれかかった。

「マジかよ、どうした」

「……急に怖くなっちゃいました。どうしようもなく怖いです」

正直な気持ちを伝える。

「帰れなくなったらどうしようって。そんなこと一度も考えたことなかったのに……私たち……いったいどこにいたんでしょうか。柏村さんは……」

平野は恵平を見下ろした。誠実に答えを探しているようだった。

「ていうか柏村巡査も、俺たちのことを何者だろうと思っているんじゃないのかな。もしもあれが幽霊や、幻や、気のせいじゃなく」

「気のせいのわけないですよ、お茶飲んできたんですよ？」

「わかってるって、興奮すんなよ」

恵平はこめかみを揉《も》んでみた。そうすれば柏村の不思議が分離して、世界が正常に戻るような気がしたが、そうではなかった。

「もう、わけわかんない。都市伝説って、もっとこう、ミステリアスで、ぼんやりしたものじゃないんですか？　そういう噂があるんだよって、それを聞いて、また聞いて、結局わけがわからない。ありそうで、なさそうで、それでいい。そういうものだと思っていました」

「俺もだよ。からむなよ」

二人の間を冷たい風が吹き抜けていく。髪の毛と頬の隙間にまだ少しだけ残っていた柏村の世界の香りが、それですっかり吹き飛ばされて、香ばしいほうじ茶の記憶だけが鼻腔《びこう》に残った。足下の道路には、煙草の吸い殻もガムもない。ここは二十一世紀の東京なのだ。

「でも柏村さん……バラバラ事件が起きたって。日本橋警察署の要請だって」

「だよな」

と頷《うなず》いてから、

「つまり何年の何月にいたんだ、俺たちは？」

平野は宙を睨《にら》んで首を傾げた。

「日本橋で起こったバラバラ事件を調べれば、日付がわかると思います。警視庁のデータベースとかで」

「そんな古いのまでデータベース化されてるかなあ……いや、されてるか。イマドキだからな、わからないけども……」

日頃クールな平野がしどろもどろになっている。そうか、平野も怖かったのだ。そう思ったら、恵平はなぜか安心できた。オバケならオバケでいいし、幽霊というならそれでもいい。ただ怖がればいいだけだから。でも柏村は人間だ。柏村の世界はあの場所に一瞬現れるだけの幻ではなく、パトカーのサイレンが鳴り響く立体的な町なのだ。だから怖い。理由が知りたい。

柏村は何者で、自分たちはどこにいたのか。納得できる理由が欲しい。

「つか、おまえが頼んだからじゃないのかよ」

自分の髪をかき回しながら平野が言った。

「私が、ですか？　何か頼みましたか？　え、柏村さんに？」

「違うよ。駅だよ。いや、今夜の場合はこの入口に、か……」

恵平は、平野と一緒に古い地下道の入口を見上げた。

柏村に会わせて欲しいと、確かに恵平はここで願った。そして彼に会ったのだ。

「おまえだけだろ？　着任してからずーっと、毎朝駅を拝んでいるとか」

恵平が丸の内西署に着任して最初に配属されたのは、東京駅おもて交番での地域課研修だった。その頃の恵平は地理に疎いばかりか東京駅の構造も知らず、そもそも、これほど広大な駅が存在するということを知らなかった。

これでは道を訊《たず》ねられても答えられないと一念発起し、毎朝毎晩周囲を歩いて、勉強をした。そして早朝の散策後には駅前広場に立って赤煉瓦《あかれんが》の駅舎を見上げ、一礼するのが日課になった。今日も無事に勤務を終えられますようにと百年の駅舎に願うのだ。その習慣は今も続いている。

「それで駅がおまえを認めてさ、なんかこう……秘密のルートを開けてくれたとか？」

平野はわずかに眉《まゆ》をひそめて、

「バカか。なに言ってんだ、俺」

と、自分自身にツッコミを入れた。どんな理由をこじつけようと、あり得ないことが起きている。だから恵平は他のことを考えていた。

「やっぱり他の人たちも、この入口を通ってうら交番へ行ったんでしょうか」

「あ？」

「伊藤主任が言っていたじゃないですか。昔、警察を辞めようと悩んでいた先輩が、偶然柏村さんの交番へ行って、お茶をもらって話をして、辞めるのをやめたって」

「言ってたな。前の警視総監も伝説の交番を知っていたって」

「それって、ここから入ったんですかね」

「どうかな」

二人同時に明滅する地下道のサインを仰ぎ見た。

東京駅うら交番へ行けるルートはここだけなのか。それとも都内には至る所に不思議な道があるのだろうか。

恵平は、柏村には救いたい人がいるのだという、誰かの言葉を思い出していた。


翌朝。丸の内西署に出勤した恵平は、平野と別れてからずっと考えていたことを先輩たちに話すため、いつもより大股《おおまた》で鑑識の部屋へ向かっていた。

この日も早朝から捜査会議で、刑事課のブースは空っぽだった。

「おはようございます」

伊藤に会いたいと思っていたのに、部屋には桃田しかいない。桃田はデスクトップパソコンに向かって、大量の画像を確認していた。

「おはよう堀北。ねえ、ちょっとこれ見てくれないかな」

桃田は椅子の背もたれに体を預け、反り返るようにして振り向いた。華奢《きゃしゃ》な体型に赤いフレームの眼鏡、ストレートヘアがサラリと揺れて、似たようなシンガーがいたなあと思う。

「はい。なんでしょう」

パソコンモニターに浮かんでいたのは、お濠《ほり》でみつかった古いリュックとよく似たリュックの写真であった。

「これってどう？」

と、桃田が訊《き》いた。見比べてどう思うのか訊いているのだ。

恵平はモニターの前に立ち、二枚の画像をじっと見た。お濠のリュックは肩紐《かたひも》もすり切れてしまっていたが、一方はそれよりきちんとしている。こうして完品を見てみると、リュック前面にキャラクターのイラストがプリントされたかわいらしい品だったとわかる。完品のほうは色もカラフルなツートンで、英文が見える。

「似ていると思います。その……すごくシンプルな作りのところも」

「そうだよね？」

同意を求めるように桃田は言った。独り言のようにも思われた。

「色違いのデザインかもしれないですね。お濠のほうは黒と紺のツートンだったとか。でも、イマドキ見かけないデザインですよね」

「うん」

桃田はパソコンを操作して別の画像を呼び出した。

お濠のリュックを特殊撮影したルミノール反応の写真である。

このリュックは紺色もしくは黒色と地の色が濃く、一見しただけではわからなかったが、実際には三分の二程度が血液を吸って汚れていた。

「これって……」

発光する血の跡を見て、恵平は息を呑《の》む。入っていた女性の手首はすでに白骨化していたはずだ。ならばこの血はなんだろう。

桃田はモニターを見つめたままで、誰に向かってか「うん」と頷く。それから別の映像を出した。血液の汚れとは別に、何か、薄《うす》らとした画《え》が見える。

「じゃ、これは何だと思う？」

また訊いた。桃田は椅子ごと脇へ避《よ》け、恵平がその隙間に入った。目を凝らし、ちょっと離れて薄目にし、また目を凝らしてから、彼女は言った。

「犬……いや、タヌキかな？　ネコ？　カワイイ系のキャラクターみたいな」

「英文は読める？　なんて書いてある？」

恵平はさらに目を凝らす。

「TA……いや、KAかな？　KAKUNO……あとは読めない。あ、でもその下は、MI、CHINO、KU……みちのくMILKY、陸奥《みちのく》ミルキーでしょうか」

「賛成」

桃田はニッコリ微笑んだ。

隙間から恵平を追い出して、高速でパソコンのキーを打つ。次に呼び出したのはファンシーグッズのカタログで、かわいらしいキャラクターが入ったマグカップやポーチ、ハンカチ、クッキーなどが並んでいた。

「うわー、カワイイ。これは何ですか？」

「うん。三十年以上前、こういうグッズが爆発的に流行《はや》ったらしいよ。残念ながら製作会社はもうないんだけど、土産品中心のデザインだったことから、グッズメーカーを探してみたら話が聞けた。販路が全国に渡っていたようで『陸奥ミルキー』が当時の製品かどうか、まだ確認は取れてないんだけどね。たぶん当時の製品で間違いないと思うんだ」

「すでに製作会社がないのなら、汚れていないリュックの画像は、どうやって見つけたんですか」

「個人のブログさ」

と、桃田は答えた。

「商品で検索しても出てこなかったから、『古いリュック』で画像検索してみたんだ。そうしたら、一件だけブログが拾えた。画像が粗かったので補整して、ここに」

ペン先でモニターを指す。

「小さく英文が見えたので、メーカーの名前かと思ったら、観光地を英文にしたものだった。それで、もしやお土産品だったんじゃないかと思ったんだよね」

「すごい、ビンゴでしたね。でも……この大量の血液は……」

「それについては鑑定結果が戻ってきてる。胸部と大腿《だいたい》部の男性被害者、手首の女性被害者、いずれの血液でもないそうだ」

「え……」

恵平は厭《いや》な顔をした。

「わかる。そうなるよね」

と、桃田が頷《うなず》く。

「それに、ちょっと変なんだ。リュックに付着した血液は一人のもので、血液型はO型。被害男性はB型で、女性の手首はA型だった」

この謎がわかるかと訊くように、桃田は恵平を見て口角を上げる。

「さらに年代が違ってた。手首のほうは死んでから一年前後。男性被害者はおおよそひと月前後。ところがリュックの血液は、かれこれ三十年以上経ってるらしい」

「どういうことですか？」

訊ねながら、ゾッとしていた。最初に見つかったのは胸部と大腿部、足首で、推定四十代の男性のものとわかっている。血液型はB型で、死亡してからひと月前後。遺体は冷凍後に機械で切断されていた。次に見つかったのは左手首で、布製リュックに入れられていた。若い女性のもので血液型はA型。死亡してから一年前後が経過している。ところが女性の手首を包んでいた布製リュックの血痕はO型で、しかも三十年以上経った血液らしい。被害者は少なくとも三人いて、しかも殺人は三十年以上前から始まっていたのだろうか。わからない。

恵平があっさり降参すると、桃田は満足そうな顔をした。

「わからない。ぼくは、わかったことを言っただけ。今、課長と伊藤さんが捜査会議に出てるから、他に新しい情報があれば聞けるよ」

「桃田先輩。そのことについて、なんですけど」

恵平は部屋を見回した。鑑識作業が終わった証拠品は、今のところきれいに仕分けされてケースに入れられ、棚に並べて保存されている。

「被害男性が履いていた靴を、ペイさんに見てもらったらどうかと思うんです」

「靴を？　なんで？」

桃田はパソコンから目を離し、椅子を回して恵平に向いた。

「靴、まだここにありますよね？」

「あるよ。プラスチックケースに入れてある」

「ペイさんは靴磨きのプロです。人の顔は見ていないけど、あそこでずっと、一日中、人の足下ばっかり見てるんです。だから靴を見てもらったら、何かわかるんじゃないかと思って」

「靴のことならわかってる。墨田区《すみだ》にある高級靴メーカーの品で、価格が三万二千円」

「そういうことじゃなく」

恵平は桃田に詰め寄った。

「ペイさんにはわかるんです。靴の減り方でその人の癖とか生活の仕方とか、あと、靴だけ見て、あの人が最近通らないとか、元気がないとか……私なんて前に平野先輩に連れ回されて鎌倉で聞き込みしたとき、海辺に行ってたことまで当てたんですよ」

「それホント？」

桃田は目を丸くした。

「本当です。だから、騙《だま》されたと思って被害者の靴を貸して下さい。私がペイさんに見てもらいますから」

「うーん……でもなあ、証拠品だし」

そこへ課長たちが帰ってきた。

「お疲れ様です」

恵平が水を得た魚のような目で課長を見ると、桃田は立ち上がることで恵平をブロックし、自分が前に出て訊《き》いた。

「何か新しい事実は出ましたか？」

「まだだ」

課長は書類をテーブルに載せた。

「靴のほうは顧客販売リストがあると期待したんだが、そうでもなかった。イマドキはネット通販があるからな。手に入ったのはメンバーズカードの名簿だけだ」

「鞄《かばん》はどうです？」

「量産品だし、古いしな、どこで作ったパチもんの、どれほど流通した品かもまだわからない。鞄から持ち主を追うのは難しそうだ。河島班は──」

　と、平野の班の話をする。

「メンバーズカードから靴を追いかけてみると言ってたが」

「それなんですけど、堀北に考えがあるそうで」

　桃田は話の道筋を作ってくれた。考えてみれば、捜査会議の結果も聞かずに僭越《せんえつ》なことを言うべきではなかった。彼は恵平にそれを教えてくれたのだ。

「なんだ堀北。言ってみろ」

　改めて問われると緊張した。警察学校では規律の重要性を含め多くのことを学んできたが、実践で知るべきことはもっと多い。恵平は背筋を伸ばして、さっき桃田に話したことを課長に告げた。

「ペイさんに靴を、か？」

　課長が訝《いぶか》しげな顔をして首を捻《ひね》ったので、余計な提案をしてしまったかと恐縮したが、脇から伊藤がこう言った。

「いいんじゃないですか？　爺《じい》さんは、あれでなかなか食わせ者ですし、抜け目がないと思いますがね」

「曲者《くせもの》ってなんですか？」

「曲者じゃなくて食わせ者だよ。曲者は怪しいヤツって意味で、食わせ者は……」

桃田が言いよどむと、課長が教えてくれた。

「見た目と中身が違うってことさ。伊藤主任はいい意味で言ったんだろうが、本来の意味は偽物ってことだ」

「こりゃ失敬」

と、伊藤が笑う。

「じゃあ、証拠品の靴を貸してもらえるってことですか」

「いいだろう。だが、聞き込みは鑑識の仕事ではない。河島班長に話を通して、誰か刑事をやってもらおう」

課長はその場で内線を掛け、恵平の提案を刑事課に伝えた。

桃田は何も言わなかったけれど、赤いフレームの眼鏡の奥で「やったね」と瞳《ひとみ》が語っていた。恵平は唇を噛《か》み、無言でちょっとだけ頭を下げた。

昼休み。恵平はダッシュで署を抜け出した。

昨日、娘を捜していた母親からスニーカーの写真を預かったので、ペイさんに確認しなければならないからだ。忘れていたわけではないが、恵平が仕事を終える頃にペイさんは店じまいしてしまうのでチャンスがなかった。

東京駅はいつにも増して混んでいた。仕事納めした人々が東京を脱出して行くからだ。ラフな服装に着替えたサラリーマンたちは、家族を連れて、荷物を抱えて、次々と駅構内へ消えていく。普段はどちらかといえば無彩色の服装が多い駅前は、人も、景色も、華やかな師走《しわす》の色に包まれていた。さぞかき入れ時だろうと思いつつペイさんを捜すと、いつもの場所は空だった。

「あれ？」

恵平は焦って周囲を見回した。いつもの場所に姿がないなら、ペイさんは店を出していないということだ。なぜならそこは七十年近くもペイさんだけの場所だから。

「うわ、あれ？……え？」

靴磨きの場所に立ち、全身でぐるりと回っていると、

「ペイさんを捜しているの？」

地面の近くで声がした。

東京メトロ丸ノ内線の入口脇に毛糸の塊がひっそりとあって、声はそこからしたのであった。塊は帽子を被《かぶ》っていて、それがヒョイと上を向き、隙間にお婆さんの笑顔が見えた。毛糸の塊と思ったのは着膨れた体で、小さいお婆さんが日だまりに溶け込むように両膝《ひざ》を抱えて座っていた。

「あ、メリーさん」

恵平は彼女の正面へ行ってしゃがみ、「こんにちは」と頭を下げた。

「こんにちは、お姉ちゃんお巡りさん」

メリーさんも頭を下げる。東京駅おもて交番で『Y口26番さん』と呼ばれているメリーさんは、駅周辺をねぐらにしているホームレスの一人である。テリトリーがY口の26番通路なので、そう呼ばれるのだ。本名を柏木芽衣子《かしわぎめいこ》といって、豆餅《まめもち》で有名な老舗《しにせ》餅店『兎屋《うさぎや》』の大女将《おかみ》だが、亡くなった旦那《だんな》さんを捜すために駅で暮らしているのである。構内に遺構を抱えた東京駅ではたまさか時間が交錯し、亡くなった人の当時の姿を見るらしいのだ。

「ペイさんなら店終《じま》いして帰ったところよ。今年の仕事はおしまいだって」

「え、ウソ、ホント？」

「本当ですよ」

メリーさんは鷹揚《おうよう》に微笑んで、恵平はふいに思い出す。ああ、そうだ。柏村さんには救いたい人がいるらしいと教えてくれたのはメリーさんだった。

「まだ遠くへは行っていないわ」

メリーさんは手袋をはめた手で東京駅おもて交番の方角を指した。

「地下道じゃなくって上の道？」

「ペイさんは地下道が好きじゃないの。みんな歩くのが速すぎて、川に呑《の》まれた気分になるって」

目を細めて、うふふと笑う。

メリーさん、お正月はどこで過ごすの？　風邪をひかずに眠れるの？　訊きたいことは山ほどあるが、恵平は立ち上がった。

「また来ます。何か温かい物を持って」

「肉まんがいいわ。あれが大好き」

「承知しました！」

恵平は、たった今来た道を走って戻った。

東京駅おもて交番の前を通ったら、今日も山川巡査が立番《りつばん》していた。お疲れ様ですと声を掛け、ピアスを彼女にプレゼントしたのかジェスチャーで訊《たず》ねると、山川はニンマリほくそ笑み、親指を立てて『大成功！』と言った。それだけで、恵平は幸せな気分になった。

大通りは車が行き交い、歩道に人が溢《あふ》れている。背の低いペイさんのハンチングハットを見つけるのは容易ではなかったが、山川からハッピーを分けてもらって馬力が出た。そして、はとバス乗り場の少し手前で、ようやく丸い背中を見つけた。

「ペイさーんっ」

伸び上がって、手を振って、ペイさんが振り返る間に走っていく。ペイさんは不思議そうな顔で立ち止まり、恵平が人垣から抜け出すのを見て、ようやく笑った。

「あれケッペーちゃん。どうしたの？　おいちゃんに何か用かい？」

しょぼくれたズボンにしょぼくれたシャツ、ジャケットの下にベストを着込み、丸椅子と靴載せ台をそれぞれの手に持って、道具入りのリュックを背負っている。

「ああよかった。間に合った」

追いついて恵平は膝を折り、ようやく呼吸を整えた。本当によかった。東京駅へ行けばいつでも会えるペイさんがどこに住んでいて、本名は何なのか、知っている人は多くないということを、初めて思い知ったからだった。

「靴じゃあないよね？　一昨日《おととい》磨いたばっかりだもんね」

ペイさんは恵平の靴を見た。

「そうじゃないの。でも、聞きたいことがあったから……年内の営業は終わりだって、メリーさんに聞いて追いかけてきたの。駅前は凄《すご》く混んでたよ。かき入れ時じゃないの？」

歯の抜けた口でペイさんは笑う。

「どんなに混んでいたってさ、暮れはお客さんが来ないんだよぅ。それに、おいちゃんだって買い物をして、お正月には餅くらい食べなきゃさ」

「そっか、そうだよね。でもちょっとだけ。ほんのちょっとだけお願いしたいの」

恵平は拝むように両手を合わせた。


昼休みが終わるより五分ほど早く、恵平はペイさんを連れて丸の内西署へ戻って来た。ロビーの自販機前にペイさんを待たせて、大急ぎで鑑識の部屋へ行く。河島班の刑事はまだ証拠品の靴を取りに来ていないということだったので、桃田に刑事課へ付き添ってもらって、ペイさんに靴を確認してもらう許可を得た。

「ペイさん、ごめんね。椅子と靴台はここへ置いておいてもいいから」

別室に証拠品を用意したので、誘《いざな》おうとして言うと、

「いいや、そうはいかないよぅ。大事な商売道具だもん。どこへだって持ってくよ」

ペイさんは荷物を手放さず、よちよちと後をついてきた。

運んであげようとしたが喜ばない。手作りのカバーを掛けた丸椅子と、ペイさんより年季が入っていそうな靴載せ台は、商売道具であると同時に宝物なのだ。エレベーターを呼んでペイさんを乗せ、会議室まで案内した。

本当は、預かった女の子のスニーカー写真を見てもらうだけのつもりで行ったのだ。ペイさんがお正月休みに入ってしまうことなんて、想像もしていなかった。瞬間、頭に浮かんだのは平野のことで、聞き込みが遅れて捜査に影響することを案じた。本来なら被害者や遺族の気持ちが先に浮かぶべきだったのになあ、と思う。

ペイさんの歩調に合わせて廊下を進み、扉を開け放っている会議室へ連れて行く。フロアは閑散として気温が低く、灰色のリノリウムの床に、会議室から漏れた明かりが映り込んでいる。

「堀北です。ペイさんをお連れしました」

扉の手前で足を止め、壁をノックして会釈した。

「入っていいぞ」

「ペイさん、どうぞ」

ペイさんを先に入れて後から入ると、室内には証拠品の責任者である桃田と、刑事の平野が立っていた。テーブルに白い紙を敷き、その上に靴が載っている。証拠品を入れていたプラスチックケースが脇にあり、証拠品番号などを記す部分を向こうへ向けて置かれていた。

「忙しいのに悪いね、ペイさん」

平野が笑う。横の桃田は直立不動だ。

「改めまして、丸の内西署刑事組織犯罪対策課の平野です。こちらは鑑識の桃田。今は堀北を指導している」

「桃田です。今日はお越し頂いてありがとうございます」

桃田はスマートにお辞儀した。

「堀北って誰？　あー、ケッペーちゃんか」

一方のペイさんはいつも通りだ。よちよちとテーブルに寄っていき、ようやく荷物を床に下ろした。考えてみれば、ペイさんが歩く姿を見ることは少ない。会うときはいつもあの場所にいて、腰を屈《かが》めて仕事をしている。身長は恵平の胸のあたりまでしかないし、体を左右に振りながら、ペンギンのような歩き方をする。

なるほど、そうよね、と恵平は思った。いつも見えていることが、その通りの全部じゃないいんだなあと。

「この靴かい？　おいちゃんに磨いて欲しいの？」

ペイさんは靴を見た。

「そうじゃないいんだ。ケッペーが――」

平野が恵平を顎《あご》で示す。

「――ペイさんなら、靴を見ただけで履いている人がわかるなんて言うからさ」

ペイさんは屈み込み、マジマジと靴を眺めてこう言った。

「そりゃ、わかるよう。兜町《かぶとちょう》あたりで仕事している証券マンの靴だよね」

平野は桃田と視線を交わした。

「マジかよ。なんでそんなことがわかるんだ」

「この靴、触ってもいいのかい？」

ペイさんが訊《き》く。すかさず桃田が白手袋一双を差し出した。

「ペイさん、ごめんね。その手袋で触ってくれる？　じつはこれ、証拠品なの」

恵平が説明し、仕事用の指なし手袋を脱ぐよう促した。汚れた手袋の代わりに、真新しい手袋をしてもらう。

「イマドキの手袋は具合がいいねえ。おいちゃんにはちょっと大きいけどさ」

ペイさんは歯の抜けた口でニカリと笑い、会議室用のパイプ椅子を引き寄せて、靴の前にちょこんと座った。紙に載せた靴を引き寄せて、靴磨きをするときのように正面を見る。それから恵平を仰ぎ見て、

「やっぱりさ、いつものようじゃないとねえ」

靴載せ台を持ってくるよう指図した。床に仕事用のマットを敷くと、リュックから作業用の折りたたみ椅子を出し、そこに掛け直して平野を見上げる。

「ここに置いてもいいのかい？　その靴だけど」

平野が桃田に確認を取る。すでに微物の採取は終わっているが、新たに何かが付着するのはマズい。桃田は自ら紙を出し、靴載せ台を紙で覆った。平野がその上に靴を載せると、ペイさんは角度を直して、よりじっくりと靴を見た。

「うん。やっぱりそうだよね。この人、靴下は黒だったろう？」

その通りだったので、恵平たちは興奮して互いを見つめた。

「どうしてわかるの？　靴下の色まで」

「四十代……四十三、四かな。同じ靴を三足くらい持っているよねえ」

恵平たちは目を丸くした。桃田などは半歩退き、怖いものを見るような目でペイさんを眺めている。たかが靴を見ただけで、履いている人物の年齢まで当てるとは。

「ペイさん、超能力者なの？」

恵平が訊くと、ペイさんは笑った。

「そうじゃないよぅ」

「まさかお得意さんかよ」

平野が言った。

「あのねえ、黒の紐《ひも》付き革靴に黒い靴下っていうのはね、昔っから証券マンの制服みたいなものなんだよね。イマドキの若い証券マンは他の色の靴も履くけどね、茶色いのとか、ちょっとだけぼかしになってるのとか。でも、先輩に厳しくしつけられた証券マンや、長くやってる証券マンは、黒の紐付き革靴に黒い靴下を履くようになっていくんだよ」

「どうして？」

「理由なんか知らないよう。おいちゃんは靴磨きだもん。それにああいう人たちは、靴を磨いているあいだ大抵新聞やスマホを見てるしね。でも、昔っからそういうものなんだよね。それと、お客さんに足下をチェックされてもいいように、十日に一度は靴磨きに来るんだよ。そうしてね、同じ靴を何足か持っているのが普通だよ。革靴ってのは、履きつぶしてしまうと高いものだけど、休ませながら履いてあげると何年でも保《も》つからね。あとさ、ああいう仕事は時間が大切だから、磨き終わるとお釣りを待つ時間も惜しくて千円置いていくんだよ。そういう人は証券マンで、兜町あたりでは、信号から信号の間までタクシーを使う人も多いんだってさ」

「その靴を磨いたことがあるんでしょうか」

「この靴の持ち主、知ってんのかよ」

桃田と平野が同時に訊《たず》ねた。

ペイさんは片方の靴を桃田に返し、靴磨きをするときのように手を動かしながら、もう片方を確認した。

「うん。あるね。おいちゃんのお客さんだね。ほら、ここ」

靴の側面に、微《かす》かに残った疵《きず》を指す。

「こういう疵は覚えているもんね。こういうのをさ、上手に手入れしながら磨いていくのが楽しいんだよ。この人、猫背で蟹股《がにまた》だよね。いいかい？　靴をこう置くと」

靴載せ台の真ん中に靴を置き、指で突くと、少しだけゆらゆら動く。

「靴底の真ん中が減るタイプ。少しだけサイズが大きいんだね。だから自然と猫背になって、あとね、踵《かかと》の外側が、細長い三角に削れていくのは蟹股だから。そういうお客さんは確かにいてね、でも、そういえば、ここひと月くらい見てないかもねえ」

「どんな人物か、覚えていますか？」

ペイさんは桃田を見て言った。

「猫背で蟹股。四十三、四」

「訊いてないのかよ、名前とか」

「バカを言っちゃいけないよう」

ペイさんはヘラヘラ笑った。

「おいちゃんが見てるの、靴だけだからね。お客さんの顔も名前も知らないよぅ」

「でも、証券マンなんだよな？」

「それは間違いないと思うよ」

「その人が支払った千円札とか……」

言いかけて桃田は、

「ひと月前じゃ、さすがにムリか。ムリですね」

と、眉《まゆ》をひそめた。

ペイさんはもう片方の靴も見て、

「同じデザインの靴はねえ、たぶん三足持ってたねえ」

と恵平に言った。

「ひとつはここに、ふたつはそれぞれ違うところに、小さい疵があったからねえ。それでもってこの靴は」

ペイさんはちょいと首を傾げて、

「恵平ちゃんがこの前さ、腕を怪我したことがあったろ？　あの少し後に磨いたね。あの人の靴で最後に磨かせてもらったのがこれだよね」

恵平が怪我をしたのはひと月ほど前に起きた凶悪事件の時である。この被害者の死亡推定日時と遠くない。

「靴を磨きに来たとき、その人は独りだった？」

ペイさんは小首を傾げた。

「いつも独りだったよね」

「靴磨きに来る時間とか曜日とか決まっていたの？」

「うんにゃ、そうじゃなかったよ。ジンクスを決めてるお客さんもいるけどね、この人はそうじゃなかった。時間も曜日もまちまちだったよ。一ヶ月来ないときもあれば、一週間で来るときも。他の靴磨きも使っていたんじゃないかと思うよ」

「充分な収穫だよ。メーカーに問い合わせて、同じ靴を複数買う客を捜せば」

「そうだな。俺、班長に報告してくるわ」

平野は部屋を出て行きかけたが、ヒョイと振り返って、

「ペイさん、ありがとう。俺もまた磨いてもらいに行くから」

と礼だけ言って、どこかへ消えた。その後の始末は桃田の役目で、恵平はペイさんが商売道具をしまうのを待って、ロビーまで送って行くことになった。

「ペイさん、本当にありがとう」

「なあに、どうってことないよぅ」

エレベーターの中でペイさんはニコニコしながら、

「それで、あの靴の人はさ」

と、恵平を見た。

「お濠《ほり》に浮いていた人なのかい？」

「どうして知ってるの？　え、ニュースでやっていた？」

ペイさんは丸椅子をちょいと下に置いてハンチングを直し、

「おいちゃんはニュースを見る暇ないからね。メリーさんから聞いたんだよね」

と、教えてくれた。

「メリーさんはどこで知ったの？」

「ホームレス仲間が話してたって。みんなが始発に乗ったり歯磨きをしている頃にさ、街を知っているのはあの婆さんたちだよ。お濠の交番のお巡りさんがさ、鞄《かばん》を拾うのを見てたって。何かいいものが出てくるんじゃないかと思っていたら、どうやらそうじゃなかったってね」

恐ろしい。東京は、本当に、どこに目があるかわからない。

エレベーターが一階についたとき、恵平はスマホを出してもう一度訊《き》いた。

「それでね、ペイさん。もう一つだけ見てほしいものがあるのよね」

ペイさんを先に下ろして画像を探す。娘を捜していた母親から送ってもらった全身写真だ。

「ペイさんに娘を見かけなかったか聞いた人がいたでしょ」

「そういう人はたくさんいるよ。あそこにずっと座ってるとね、人を眺めていると思うんだろうね」

「うん。人間って、自分の都合がいいように考えたいみたいよね」

女性の画像が見つかったので、それをなるべく大きくする。

「あの時は顔写真しか見なかったでしょ？」

「はて、どうだったかな、忘れちゃったねえ」

「見なかったのよ。それでペイさんは、顔じゃなくって足を見ないとって、そう言って、だからあのお母さんに頼んで靴の写真をもらったの。ていうか、スニーカーだからペイさんは興味を持たないのかもしれないんだけど」

「そんなことないよぅ。おいちゃんは、もともと靴が好きなんだから」

じゃあ見て、と恵平は丸いフォルムのスニーカーを拡大してペイさんに見せた。

「ジャンピングのスニーカーだねえ」

「えっ」

驚いた。革靴ならいざ知らず、若い子が履くようなスニーカーを、ペイさんが知っているとは思わなかったからである。

「知ってるの？　しかもメーカーまで。ジャンピング？」

ペイさんは悪気のない顔で、

「そりゃ、ケッペーちゃん」

と、笑っている。

「この写真だとよくわからないけどさ、この靴は靴底が丸くなっててね」

「靴底が丸いって？」

「つま先部分が上がってるんだよ。踵も少し。それで歩きやすく出来てるんだよね。はじめはへえーっと思ってね、気にして見るようになったらさ、Jのマークが入ってて、あの靴いいなあ。婆さんに買ってやりたいなってね」

「婆さんって、奥さんのこと？」

「そうだよぅ」

ペイさんは頬を赤らめて笑った。

「他に誰がいるんだい？　軽くて歩きやすくてさ、でも、一万五千円くらいするんだよ。おいちゃん、ちょっと考えちゃってさ」

「安い買い物じゃないものね」

「靴としては高くないと思うんだよね。でも、それより温泉に連れて行けとか言われちゃいそうで」

参るよねえとペイさんは言う。

「それで、この靴は記憶にないの？」

「このタイプは珍しいけど、おいちゃんの記憶にはないんだよねえ。クリスマスの頃は特に若い子が増えるから、いろんな靴を見るけどね……うーん……自分で磨いた靴は覚えているけど、スニーカーは磨かないもんね」

「そうだよね」

ついにエントランスを出てしまい、恵平はそこで足を止めた。

「ペイさん、今日は本当にありがとう。お家《うち》まで送って行ければいいんだけれど」

「いいよぅ、ケッペーちゃんの頼みだもん。それじゃあね、よいお年をお迎えするんだよ」

ペイさんにそう言われ、ああそうか、年末なのだとまた思い、凄《すご》く忙しいか、普通に忙しいか、そのくらいでしか季節を感じられなくなっていた自分に気がつく。

「はい。ペイさんも、よいお年をお迎えください。来年もよろしくね」

その場に立ってペイさんを見送る。通りの先へ消えるとき、ペイさんが振り返ったので手を振った。両手が塞《ふさ》がっているペイさんは、そのまま角を曲がって行ったけど、恵平はしばらく手を振り続けていた。すると、

「おーい堀北、出動だ。支度して」

さっきまでいた部屋の窓が開いて、桃田に呼ばれた。

「はい、え？」

見上げるとすでに窓は閉じ、桃田の姿はどこにもない。恵平は署に駆け込むと、廊下を走って裏側へ出た。鑑識班が出動の準備を始めている。

「臨場要請ですか？」

「間もなく出るぞ、支度しろ！」

伊藤が怒鳴る。恵平は部屋までダッシュして、上着と備品を摑《つか》んで戻った。桃田は素早く運転席へ向かい、鑑識車両の後ろの席にはすでに課長が座っていた。恵平がその横に入り、ドアが閉まるなり発進する。何の為にどこへ向かうのかについては、車内で課長から説明があった。

「久松《ひさまつ》警察署からの入電だ。早朝、隅田《すみだ》川に不法投棄の通報があり、先ほど浜町《はまちょう》交番の巡査が確認に向かったところ、日本橋浜町公園の隅田川テラス下で回収した黒いゴミ袋から人体頭部が出たそうだ。頭部は男性のもので年齢は四十代から五十代。こちらの事件の被害者のものではないかと知らせてきた」

「人体頭部……」

恵平は声を失った。課長が言う。

「切断面もクリアだそうだ」

「冷凍されていたんでしょうか」

運転席から桃田が訊いた。切断面がクリアなら、男性被害者の頭部かもしれない。それとも、まさかこれ以上、新しい被害者のピースが出てくるなんてことが……恵平は激しく頭を振って、不遜《ふそん》な閃《ひらめ》きを追い払う。それが誰の頭部であっても、これで被害者に一歩近づくことができればいいのに。

「そういう話は出ていない。すでに解凍されたか知らんが、細胞を調べればわかるだろう」

「思うに同一人物臭いですがね……でも、不法投棄の通報ってのは？」

伊藤は助手席から首だけ向けて課長に訊いた。

「そこだよ。今回は首を遺棄する現場を目撃した者がいるってことだ。おっつけ河島班が臨場するから、大きな手がかりになるだろう」

臨場現場の浜町公園は、隣の久松警察署が管轄している。隅田川のリバーサイドに相応な広さを有するこの公園は、桜のシーズンにも、夏の花火にも、それ以外の時も、地域の人々のみならず観光客が散策を楽しめる素敵な場所だ。リバーサイドからは東京タワーを含む築地界隈《つきじかいわい》の夜景が望め、二十二時までライトアップされる勝鬨《かちどき》橋を見に来るカップルも多い。

ものの数分で恵平たちは浜町公園に臨場した。デートコースとして有名な隅田川テラスも、年の瀬に散策する人の姿は殆《ほとん》どなくて、犬を散歩させている住民が、規制線テープを張る久松警察署の警官を遠巻きに眺めていた。

恵平たちが鑑識道具を準備する間に、課長が行って挨拶《あいさつ》をする。先方は交番勤務らしい警察官と、刑事と思《おぼ》しき青年、少し離れた場所に年配の男性が一人と、別の警察官が立っていた。

「お疲れ様です」

先方の青年刑事が頭を下げる。中肉中背で険のない顔、オーバーサイズのジャケットをラフに着こなして、刑事というよりアパレル系のエージェントのようだ。

「久松警察署生活安全部刑事の水品《みずしな》です。こちらが川から頭部を拾い上げてくれた」

「浜町交番の山田《やまだ》です」

「丸の内西署鑑識課長の剣持《けんもち》です」

課長も名前と身分を名乗った。余談ながら、鑑識の課長は出世コースだ。背筋を伸ばした課長の姿は凜々《りり》しくもあり、逞《たくま》しくもあるなあと、恵平などは思ってしまう。

「行くよ、堀北。ボーッとしない」

桃田に採取キットを押しつけられた。

恵平は下腹にグッと力を入れて、自分自身を奮い立たせた。ここは殺しの現場ではないが、時間が経つと劣化したり、採取し損なう可能性がある微物の採取など、現状を正確に記録する作業が必要だ。桃田と伊藤について規制線の中へ行く。

遠くからパトカーのサイレンが近づいてくる。平野たちが間もなく着くのだ。

水品刑事が課長を案内していく先に、黒いゴミ袋が置いてある。袋は川から引き上げられて、美しく舗装された歩道の隅にある。滴り落ちた水が歩道を濡《ぬ》らし、そこにだけ空が映っている。間もなく暮れ始める真冬の空だ。

「状況を教えてください」

鑑識課長は水品に言った。

「説明します。まず、あちらの方が」

警察官と一緒にいる高齢男性に注意を向けたとき、桃田が恵平に囁《ささや》いた。

「しっかり聞いて」

「え？」

振り向くと桃田はもういない。臨場したときから気になっていた男性は、どうやら通報者のようである。水品の脇から山田巡査が、ひそひそ話をするような声で言う。

「川津《かわづ》さんと言って、このあたりの地権者の一人です」

水品も頷《うなず》いて、声を潜めた。

「地域のご意見番ですよ。『誰かが川にゴミを捨てた』と入電があったのは早朝でしたが、こっちも年末で、てんてこ舞いで」

「ゴミ捨てがあるたび通報がきます。手が空いていればよかったんですが、昨夜は色々ありまして」

「バラバラ事件へも動員されてますからなあ」

「そうなんです」

と、山田は頷く。

「そしたら、とうとう交番に怒鳴り込まれてしまって……川津さんは、ブツを回収し終えたか確認に来ていたようなんで。それが本日の正午過ぎです」

「山田巡査が現物を引き上げるときも、ずっとそばで見張られていまして」

「なるほどね」

鑑識課長は苦笑した。

「では、拝見させてください」

ゴミ袋のほうへ歩いて行く。キットを持った伊藤が続き、カメラを抱えた桃田の後ろを恵平が付いていく。

背後でパトカーのサイレンが止まった。河島班が到着したのだ。

「今の話を説明するのは堀北だからね」

桃田が言う。水品たちは引き上げた袋のそばへ行き、鑑識作業を見守るようだ。だから話をよく聞いておけといわれたのだと、恵平はようやく理解した。

久松警察署が引き上げたのは、かつてゴミ捨てに使われていたような黒いポリ袋であった。袋の口は捻《ひね》って縛られていたようで、袋以外のものはない。今では口が開けられて、少しだけ中身が見えている。髪の毛のようである。

袋に破れた箇所はなく、厭《いや》な臭いもそれほどしない。課長が立ち止まったので、恵平たちもそれに倣った。全員で合掌し、それから桃田が写真を撮って、

「拝見します」

と伊藤が言った。袋の前に膝をつき、手袋をした手で袋を開ける。

恵平は思わず顔を背けそうになった。

黒いビニール袋の中には、油で汚れた何かの紙がぐしゃぐしゃと丸めて入れられていた。そしてその真ん中に、あたかもビニール袋の底から生えてきたかのように、男の首が立っていた。短髪でやや白髪交じり。首は太く、がっしりとして肉付きのいい丸顔だ。苦悶《くもん》の表情はまったく見られず、静かに目を閉じている。それがなんとなく弛緩《しかん》して、やはり生きた人間の表情とは違う。皮膚の下にゼリーを入れて、それが垂れ下がってきたような感じだ。首から下にあるはずの体がないので、なんというか、奇妙なオブジェを見せられている感覚になる。腐敗はさほど進行しておらず、人の生

首というよりも、マネキンの頭部を見るようだった。右こめかみのあたりと切創部分に、肉質が変じて青灰色に変色している部分がある。科捜研で調べれば、色々なことがわかるのだろう。

衝撃が吐き気に変わらないよう恵平は空を見る。これが探し求めていた被害者の頭部だとしても、ようやく身元が判明するかもしれないとしても、目の当たりにすれば恐怖が勝った。ゴミ袋から生えた生首の、あり得ない構図とスケール感が恵平の脳を混乱させる。こんなことが許されていいはずがない。誰であれ、こんな真似をされる道理はない。恵平は心の中で、自分は警察官だと何度も唱えた。そして、せめてもっと冷静に、ご遺体と向き合いたいと思うのだった。

高い場所を、カラスだろうか、飛んで行く鳥の姿が見える。目を閉じて呼吸を整え、再び遺体に目を戻す。

「お疲れ様です」

そのとき後ろで河島班長の声がした。

「堀北」

鑑識課長が鋭く呼んだ。

恵平は採取キットを地面に置くと、遺体発見の経緯を説明するため踵《きびす》を返した。

「丸の内西署刑事組織犯罪対策課の平野です」

しばし後。せっせと作業する恵平の向こうで、平野が地域のご意見番に挑んでいた。

生首発見現場に臨場したのは河島班長と平野の二人である。黒いビニール袋から出た頭部が丸の内西署管内の被害者と同一人物のものであった場合、捜査の指揮を執るのは丸の内西署の捜査本部だ。だから久松警察署は連絡をくれたのである。

川津という男性は六十代後半ぐらい。頭の真ん中が禿《は》げていて、土色のパーカーの下に真っ赤なハイネックのセーターを着ている。『サザエさん』の波平《なみへい》さんのような風貌《ふうぼう》ながら、顔はなかなかの強面《こわもて》だ。何が気に入らないのか口をへの字に曲げて、恵平が臨場したときからずっと胸の前で腕を組んでいる。

ガンバレ平野先輩。恵平は心で平野にエールを送った。

「川にゴミを捨てた人がいると、電話を下さいましたよね？　そのときの状況を、少しお聞かせ願えませんか」

河島班長は川津の聞き込みを平野に任せ、久松警察署の刑事らと今後の打ち合わせ中である。隅田川テラスは、川津が違法投棄を見たという場所を中心に百メートルほどが立ち入り禁止にされ、恵平らが歩道に這《は》いつくばって微物を探していた。路面は冷えて、膝《ひざ》も腰も指先までもジンジンしてくる。冬で空気が乾燥していて、足跡らしきものも残されていないが、何もなかった場合でも『なかった』という事実が重要になる。だから作業に手は抜けないのだ。

しゃがんだ姿勢でゴミひとつ落ちていない歩道を調べていると、柏村の時代で見た道路の汚さが思い出された。玉の井の事件が起きた頃、お歯黒と名がついたドブは如《い》何《か》ほどだったか。人間が密集する地域の汚さは、生きようとあがく人々の生命力に比例しているのではなかろうか。そう思えば、清潔に整備された今の都会に、あがいても生きようとする人は少ないのかもしれない。

「だー、かー、らー、俺は見回りするんだよ。そうでなきゃ、いいようにゴミ出しする連中がいるよ？　隅田川がきれいになったのは、誰のおかげだと思ってるんだよ」

ご意見番は声が大きい。腕を振りあげ、ツバを飛ばして、切々と平野に訴えている。歩道の敷石に目を戻しても、声の調子でオーバーアクションが見えるようだ。恵平は仕事に意識を集中した。

「それを見たのは、大体何時頃ですかねえ？」

「あ？　何時頃？　何時頃ってあんた、俺は時計で確認したんだ。交番へ電話したときハッキリ言ったぞ？　午前、五時、五十三分！　電話をしたのもすぐだ」

「午前五時五十三分、いやさすがです。川津さんはいつもその頃にパトロールを？」

　平野が言うと、少しだけ声のトーンが変わった。

「いつもってわけでもないがね。ほら、誰かがちゃんと見てないとさあ。ここはみんなの公園だからね」

　あんた名前は何だっけ？　と、川津の声が背中で聞こえた。

「平野です。でも、今の六時前って寒いでしょう？　それに暗いし」

「なーんのこたぁない。犬の散歩でよ。ほら、豆柴《まめしば》っているだろう？　俺はあれを飼ってるんだよ。ハチっていうんだ」

「豆柴ですか。かわいいですよね」

「そうだ。大人しい犬なんだよ。それでさ、俺がこう……」

　身振りで散歩コースを指したのか、声が途切れたその後に、

「あの辺かな。水の音がしたんだよ。なんか落としたみたいな音だ。したら男が」

「男だったんですね」

「いや、しっかり見たわけじゃないけど、男のような感じだった。音がしたあたりで川を覗《のぞ》いていたんだよ。だから声をかけたら」

「おい、何してるんだって。そしたらおめえ、走って逃げたよ。あっちの方へ」

「声を？　なんて？」

「服装、身長、そのほか何でもいいんですが、気がついたことはありますか」

川津の声がまた途切れ、しばらくしてからこう言った。

「気がついたことって言われてもねえ。暗いし、姿は見えねえし、街灯の下とか通ればさ、そのとき姿も見えたんだろうけど、あっち側へ行っちゃったからね。すぐに見えなくなっちゃって……それで俺もさ、野郎、何を捨てやがったと思って見に行ったんだよ。そうしたら、ゴミ袋がプカプカ浮いてるだろう？　頭にきたねえ」

「それで通報されたんですね」

そのゴミ袋からは、どうやら指紋が出そうである。伊藤がそう言ったので、生首を科捜研へ届けた後は、署で指紋の採取をする手はずになっている。

「いや、ありがとうございました。目撃者がみな川津さんみたいに明瞭《めいりょう》に答えてくれると助かるんですがね。申し訳ありませんが、もしも何か、さらに気がついたことなどあれば、私に連絡くださいませんか。あと、念の為、ご連絡先を教えて頂いてもよろしいでしょうか」

頑張る平野の声を聞きながら、恵平は捜索範囲を縮めていく。自分も頑張らなくっちゃいけない。それから、あの母親に電話するのも、忘れないようにしなきゃいけない。身内の消息がわからなくなったら、人はどんなに心配だろう。今のところ、被害男性に該当しそうな行方不明者はいないというが、お正月になってから帰省しないことに気付いて捜索願が出るのだろうか。それにしても、と、恵平は思う。

この姿勢は腰が痛すぎる。

# 第五章　パズル

大晦日《おおみそか》が迫る二十九日。隅田川で見つかった生首のDNA鑑定結果が丸の内西署の捜査本部にもたらされた。やはり頭部は胸部や大腿部《だいたいぶ》と同一人物のものだった。

「被害男性の身元が割れた」

早朝の捜査会議に、恵平は桃田と一緒に参加していた。いつものように席はなく、会議室の壁際に立って話を聞くだけである。指揮を執るのは警視庁捜査一課の川本課長で、その両隣には係長、部長、署長に副署長、管理官などが座っている。何度見ても身の引き締まる光景だ。鑑識からは課長と伊藤が出席していて、久松警察署と共有している微物の鑑定結果などを発表していた。

今、雛壇《ひなだん》脇の大型ボードには生首の写真が貼り出されている。ペイさんが言った通りに被害男性は四十二歳で、兜町の証券取引所に出入りしている証券マンだった。平野たちはペイさんの話を元に兜町界隈《かいわい》で聞き込みをして、ついに被害者の身元を割り出したのだ。

「被害者の名前は千葉敬一郎《ちばけいいちろう》。FLラッキーホールディングスのベテラン証券取引業者だ。河島班長」

呼ばれて平野の上司が立ち上がる。今回、平野たちの班は主に鑑取《かんど》り捜査をしている。人間関係を中心に聞き込みをするというわけだ。

「千葉は二度の結婚、離婚歴があって、現在独身。二人の妻にはそれぞれ二人と一人の子供がいます。都内に二箇所、所沢《ところざわ》に一箇所、軽井沢《かるいざわ》に一箇所、不動産を持っているようですが、都内と所沢のマンション各一軒は、それぞれ別れた妻とその子供に賃貸していています。賃貸という形式にしてはいますが、実際は養育費でしょうか。帳簿上家賃収入を上げたようにして、千葉が費用を負担しています。本人の住まいは中央区勝《かち》どき4の高級マンションで、現在は留守。管理人の話では、クリスマスに海外へ行くことになっていたようですが、出かけた様子はないそうで、室内を捜索したら、渡航用のチケット及びパスポートがそのままでした。マンションの防犯カメラには十二月二十一日、いつも通りに出勤していく千葉の姿が映っていますが、通常の帰宅時刻に戻ってくる姿はありませんでした。千葉は翌日から休みを取っていますので、誰も怪しまなかったというわけです」

「千葉の死亡推定日時は十二月中旬から下旬で、齟齬《そご》はない」

川本課長が付け足した。

「さらに報告」

言われて平野が立ち上がる。

「千葉は社内での評判もよく、仕事上のトラブルを抱えているという話もありません。離婚した妻二人のうち、最初の妻は所沢にいますが、残念ながら子供を連れて帰省した後で、聴取できていません。二度目の妻から話を聞くことができましたが、離婚の原因は性格の不一致ということでした。ちなみに、最初の妻は現在三十七歳ですが、二度目の妻は現在二十歳です」

室内は少しだけザワついた。

「はい」

と、誰かが挙手をする。恵平が見たことのない刑事であった。まだ若い女性刑事だ。彼女は席から平野に聞いた。

「二度目の奥さんは若いですが、千葉には児童買春などの前科がありますか」

「ありません」

と、平野が答えた。千葉についての情報共有作業は終わり、次に立ち上がったのは隅田川テラスで見かけた刑事であった。さすがに今日はスーツだが、刑事が好む紺や黒色ではなく、濃いブルーのオーバーサイズを羽織っている。シャツはアンバーでネクタイはチャコールだ。平野とどちらがお洒落《しゃれ》だろうと、恵平は関係のないことを考えてしまう。隅田川で頭部が発見されたため、水品の署も合同捜査に加わったのだ。

「久松警察署の水品です。千葉敬一郎の頭部を遺棄した人物について報告します」

恵平は平野に聞かされていた。被害者が千葉敬一郎かどうか、本人確認をしたのは岐阜に住む千葉の両親だそうだ。千葉はその家の長男で、下に二人の妹がいる。東京の一流大学を出て証券会社に勤め、都内にふたつ、近郊にひとつのマンションを買い、軽井沢に別荘まで持つ暮らしぶり。一家にとって自慢の息子だったらしい。その息子と対面するのに、首から下が部分的にしかないなんて。

今朝からは、雛壇に千葉の生前の写真が置かれている。生首や、発見された部位、白骨化した手首と、それが入っていた布製リュック、リュックのルミノール写真のすぐそばに千葉敬一郎の写真が置かれ、生花や線香が供えられているさまは妙に悲しい。捜査員らはそれを見ながら会議をするのだ。

「頭部遺棄現場近くには数台の防犯カメラが設置されていましたが、その中のひとつに犯人らしき人物が映り込んでいました」

一斉に資料をめくる音がする。最後部の席に座る刑事の捜査資料を、恵平と桃田は覗き込んでみた。

「暗くてなんだかわからねえじゃねえか」

「すみません。夜明け前だったこともあり……」

本庁刑事のヤジが飛び、水品が顔を赤くする。そのとき、壁際で桃田が手を挙げた。

「なんだ」

と、川本課長が問う。声に異様な迫力があって、自分なら呼ばれただけで泣くかもしれないと、恵平は肝が縮んだ。

「鑑識の桃田です。データを頂ければ画像処理をして、今よりもう少し見えやすくできると思います」

「本当ですか」

と水品が振り返る。

「ならばサッサとやってくれ」

川本課長が言って、捜査会議は終わった。

その直後、恵平は水品と一緒に桃田の背後に立って、不鮮明な画像が処理されていくのを見守っていた。久松警察署が手に入れた映像は複数あったが、水品が捜査会議に提出した画像が、もっともよく犯人の姿を映していた。とはいえカメラの位置が高すぎて、顔や着ているもののディテールを細かく判別することは出来ない。ご意見番の川津が言ったように、男性らしき人物の姿があるだけだ。川津から突然声をかけられて驚いたのか、背後を気にした一瞬を切り取っているので、漠然とだが、顔の雰囲気は見える気がする。

「丸の内西署には画像解析の専用ソフトがあるんですね？　すごいですねえ」

水品の言葉に、桃田はすまして答える。

「ありませんよそんなの」

「え？　だって」

桃田は画像を点線で囲い、操作ツールに数値を入れた。

「うちもただの所轄ですから、本庁のような機能的ソフトはありません。でも、ぼくは撮影技官だから……これはフォトショップといって、ビットマップ画像の編集に使うソフトですが、ある程度までは画像をシャープにしたり、しきい値やカラーバランスを変えることで不鮮明さを補整することができるんです」

桃田がマウスをクリックすると、点線で囲まれた部分の画像が変化した。モノクロ画像の明暗がハッキリし、輪郭がシャープになっていく。

「専用ソフトもやっていることは同じです。こっちはワンタッチでいかないだけで」

「すごいですねえ。桃田さんは、そんな技術をどこで覚えたんですか」

「別に学校へ行ったわけじゃないです。必要に迫られて……」

そう言うと、桃田は突然振り向いた。

「堀北。三人で見ていても処理が早くなるわけじゃないから、水品さんが持って来た映像を確認して、フォルダ分けしてくれないか」

「わかりました」

桃田は作業風景に注目されるのが嫌いなのだ。データを見せたいときは、完璧《かんぺき》に準備したものをモニターに呼び出す。それを知っているから恵平は、作業用テーブルでパソコンを立ち上げ、防犯カメラ映像が入ったUSBメモリを水品から受け取った。

「あなたもパソコンが得意なんですか？　すごいですねえ」

水品が訊《き》く。年齢は平野と変わらなそうだが、水品にはどこかオドオドした感じがあって、駆け出し刑事の平野より、さらに新米刑事に見える。

「堀北です。自分はまだ研修中で、パソコンもあまり得意じゃないです」

正直に答えてメモリをつなぐ。水品が用意してくれたデータは、防犯カメラの置かれた場所と撮影時刻をタイトルにして分別されていた。

「あ、タイトルがすごくわかりやすいですね。ありがとうございます」

「一応、中は確認済みですけど、よさげなデータはもうなかったですよ」

「はい。でも、もう一度見せて頂きます。見る者が違えば、他に気がつくことがあるかもだから」

恵平は先《ま》ず画像データをコピーした。それからタイトルに書かれた時間を追って、1から順に番号を振った。次に隅田川テラスの地図を呼び出し、防犯カメラが設置されていた場所をプロットしていく。

「私は東京の地理に疎いので、間違っていたら教えてください」

「オッケーです」

と、水品は言って、恵平が赤丸で示すカメラの位置を細かく指示した。

「堀北さん、そのやり方なんだけど、丸じゃなくって二等辺三角形をマークに使えば、カメラが向いた方向も表せるんじゃないかなあ」

「わあ。それ、すごくいいですね」

恵平はすぐにデータを修正し、番号と三角形を地図に示した。こうすると、どの位置からどの方向を写した映像が何番のフォルダに残されているのか一目瞭然《いちもくりょうぜん》になる。

頭部が遺棄された前後約三十分をプロットした防犯カメラのデータが、やがてひとつにまとまった。

次は1番から順に映像を見ていく。もっとも早い時間のものは、企業ビルが建ち並ぶ新大橋あたりを黒い人影が歩いているだけのものだった。確かに男のように思われる。何かを提げているようだが、よくわからない。

次の画像は浜町の公共施設正面に置かれたカメラのもので、遠くから歩いて来る人物が、ビルの向こうを折れていくだけの映像だった。こちらも対象が遠すぎて、誰かが歩いてきたという程度しかわからない。

「ホントに小さいわ。提げているのが頭部の入ったゴミ袋でしょうか」

「そうだと思うんですけどね」

映像はどれも似たような感じで、人物のイメージは浮かんでこない。

「他にもカメラがあったんですけど、設置している企業は軒並み正月休みに入ってしまって、手に入ったのがこれだけなんです。あとは正月明けですかねぇ」

なるほど、年末年始休業が捜査にまで影響するとは思わなかった。

桃田は無言で作業をしている。画像処理を始めると、スイッチが切れたみたいに無言になるのだ。恵平は水品と一緒に映像を確認していたが、ついに隅田川テラスを映した映像に移ったときに、微《かす》かな違和感に襲われた。

「ん。あれっ？」

「どうかしましたか？」

フリーズさせて、前の映像に戻ってみた。何が気になったのか、自分でもよくわからない。前のめりになってモニターを睨《にら》む恵平を、横から水品が見つめている。

「堀北さん？」

恵平は再び静止映像に戻った。そして、

「あ」

と言うなり、人差し指を立てた。

「水品さん。これ、ちょっと変じゃないですか？」

「え」

水品にはわからないらしい。それで恵平は胸ポケットに挿したペンを取り、モニター上を小さな円で示してみせた。

「ここ見てください」

黒い人影が黒い袋を提げた画像だ。小さな円は袋の大きさを指している。

「次にこれ、この大きさを見てください」

隅田川テラスに現れた黒い人影の手元をなぞる。

「あ」

と、ついに水品も身を乗り出した。

「ビニール袋の大きさが違う？」

「ですよね、私の目の錯覚じゃないですよね」

「確かに違って見えますね。隅田川テラスの前の映像のほうが、袋が大きい気がします。くるぶしくらいまであるのかな？　でも、こっちは」

「膝《ひざ》のちょっと下くらいでしょうか」

「うん。そう見えますね。そう言えば桃田さん――」

水品は桃田を振り向いた。

「――頭部を入れた袋から、犯人の指紋が採れたんですよね？」

「犯人の指紋かどうかは別にして、袋に触れた人物の指紋は採れました。警視庁のデータベースと照合したけど、ヒットはナシです」

「そうですかぁ……」

水品はそっと肩を落とした。

「黒いビニール袋から、指紋はかなり出たんです。でも、どれも合致するデータはありませんでした」

「そう上手《うま》くはいかないってことですね」

「桃田先輩。それで袋の大きさですけど、どうして変わったんでしょう」

恵平が訊くと、水品は怖そうに顔を歪《ゆが》めた。

「首以外にも何か入っていて、途中で捨てた可能性があると思います？　でも、うちの署であのあたりを徹底的に捜索したけど、他には何も出ませんでしたよ？　それに、時間を見てください。ここのカメラと、ここのカメラで、犯人が映り込んだ時間にロスはなく、何かを出したり捨てたりするような余裕はないと思うんですけど」

桃田が何も答えないので、恵平は改めて映像の時間を確認した。

水品の言うとおりだった。犯人はたゆまず歩いている。首を捨て、ご意見番に呼び止められて逃げて行くところまで、時間の流れはスムーズだ。

「うーん……じゃあ……どうして袋が小さくなったんだろう」

答えの出ない疑問であった。

「補整作業が終わりました」

そうこうするうち、桃田がようやく振り返った。彼は作業しながら二人の会話も聞いていたようで、

「堀北、袋の疑問はメモしておいてよ」

と、恵平に言った。

「あとでもう一度検証しよう。疑問を解くのは大切だから」

柏村にも同じことを言われたな、と思う。

水品が先に席を立ち、桃田のモニターを見に行った。加工を終えたデータは、魔法のようにクリアになったわけではないが、暗くてぼやけて見難《みにく》かった部分がクリーンになって、人物像がより鮮明に想像できる。男のようだ。

「ひゃあ、すげえ。こんなに変わるものなんだ……ビックリだな」

水品が感嘆する。

「重くなってしまうので、防犯カメラはもともとデータの解像度を低く抑えてあるんです。無いデータをあるようにはできないので、見やすく処理するのが精一杯ですが、それでもなんとか、様子はわかると思います」

桃田は淡々と説明をする。『重い』というのはデータ量のことで、これが膨大だと通信にも保存にもリスクを伴うらしいのだ。だから必要最小限のデータで用途に応じることが肝要らしい。一瞬振り向いた男の顔に凶悪な気配はなくて、落書きを見とがめられたときのように、驚愕《きょうがく》が前面に押し出された表情だった。かといって若者の感じはない。一色に潰《つぶ》れた肌に皺《しわ》があるなら四十代後半から五十代。皺がなければ三十代半ばといったところだろうか。黒っぽいニット帽を被《かぶ》り、黒っぽいパーカーに黒っぽいジャンパーを重ねて、指先を切った手袋をしている。だから指紋が残っていたのだ。どちらかといえば痩《や》せ型で、身長は……この写真からは、わからない。

「知っている人が見れば、誰なのか判別できそうだわ」

「そうですね。やりましたね、桃田さん」

水品は感心して褒めたけど、それは、ここでは当然とされている桃田のスキルで、一見チャラそうなピーチ撮影技官は、実は凄《すご》いヤツなのだ。恵平は先輩桃田が誇らしかった。

補整済み画像はすぐさま捜査本部に提出された。

午前十一時少し前。凄い先輩桃田に五百円硬貨一枚をもらって、水品と桃田と自分のお茶を買うために喫茶コーナーへ出向くと、立ち飲みスペースで平野がコーヒーを飲んでいた。

「お疲れ様です」

「おう」

恵平は自販機の前でメニューを選んだ。ほうじ茶ラテが一二〇円、ココアもカフェラテも一二〇円。桃田はキャラメルラテの砂糖倍増だと言っていたから、自分はほうじ茶ラテにしようかな。水品さんは何がいいかな。考えていると、

「写真見たぞ」

と、平野が言った。

「え？　ああ、桃田先輩が直したヤツですね。どうですか、役に立ちそうですか？」

「他のチームが持って出てった。も少し何かあると楽なんだがなあ。着ているものも帽子も靴も、どこにも特徴ないからな」

「特徴ならありますよ」

キャラメルラテの砂糖倍増を先ず取り出して、ほうじ茶ラテのボタンを押した。

「あ？　なんだよ、特徴って。言ってみな」

キャラメルラテを平野の前のテーブルに置く。

「防犯カメラの映像を確認したんですけど、犯人は徒歩なんですよね」

「だから？」

「それって変じゃないですか？　もしも自分が犯人だったらって、考えてみたんですけど、いくら早朝の、まだ暗い時間だといっても、徒歩で死体をぶら下げて捨てに

行ったりしないと思うんですよ」

次にほうじ茶ラテを取り、またテーブルに置いてから、少し考えてカフェオレのボタンを押した。

「言われてみればそうかもな」

「やっぱり後ろめたいですから。柏村さんが言っていたみたいに、行李《こうり》とか、鞄《かばん》とか、スーツケースに入っていたなら別ですけど、ただのゴミ袋じゃ……」

恵平は思い出して、訊《たず》ねてみた。

「そう言えば、頭部を包んでいた灰色の紙ですけど、あれって何かわかったんですか？」

「別の班が調べたら、緩衝用更紙《ざらがみ》と呼ばれるものだった。通販会社や印刷所なんかでクッション材代わりに使う品だが、使用済みの紙を大量廃棄している会社も多いから、それを使っていたとすれば、紙から調べていくのも大変そうだ」

「油の汚れがあったじゃないですか」

「うん。成分分析をしたら機械油だった。クッション材の二次利用で、紙の流通があるのかどうか、その辺りも調べてるけど、とりあえず自宅にあったから使っただけかもしれないしなあ」

「あと、もうひとつ。映像を見て気になったんですけど、首が遺棄される少し前、犯人が持っていたゴミ袋が小さくなったみたいに見えるんです」

「はあ？」

平野は恵平を振り向いた。

ちょうど水品のカフェオレが注ぎ終わったところであった。


三人分のお茶のうち水品のカフェオレを手に持って、平野が鑑識の部屋へやって来た。キャラメルラテの砂糖倍増とお釣りを桃田に渡して恵平は言った。

「平野先輩が防犯カメラの映像を確認したいそうです」

平野は水品にカフェオレを渡し、桃田のデスクへ寄ってきた。

「なに？　なにか気になるの？」

桃田はキャラメルラテを飲み始めている。

「ゴミ袋が小さくなったって？」

答えたのは水品だった。

「最初に気がついたのは堀北さんです。確認したら、たしかにそう見えました」

「俺にも確認させてくれ」

それで桃田は、視線で恵平に指示をした。

「はい」

湯気の立つほうじ茶ラテを脇へのけ、恵平はパソコンを引き寄せる。その後ろに男三人が立っている。仕分けの済んだデータは、迷うことなく欲しい映像を呼び出せる。ビル街に映った人影と隅田川テラスで映った男の画像を並べると、じっくり覗《のぞ》き込んでから平野が言った。

「確かに小さくなってんな」

「ただ、時間経過から言うと、中身をどこかへ捨ててきたようでもないんです」

水品が補足する。平野はしばらく考えていたが、甘い飲み物を堪能《たんのう》している桃田をじっと見て、言葉ではなく視線で語った。

「えーっ」

と、桃田が眉《まゆ》をひそめる。それからラテを飲み干して、

「わかったよ。仕方ないなあ」

ブツクサ言いつつデスクに戻った。

「堀北、そのデータをぼくに送って」

「わかりました」

送り終えると平野は恵平に言った。

「お茶飲めよ。冷めちゃうぞ」

ものの数分後。今度は恵平が桃田の背後から、二枚のデータを見比べていた。いずれも細部を確認するには小さすぎる映像だったが、桃田を押しのけるようにモニターを覗いて、平野は一点を指さしていた。

「わかるか？　ピーチ、ここだけど」

「あー……」

桃田がキーを操作する。袋の部分がやや鮮明になっていく。恵平は桃田の、水品は平野の後ろに立って、時折互いに視線を交わす。桃田と平野が何を考え、何を話しているのか、わからないのだ。

「あー、あー、たしかにね。もうちょっとシャープをかけてみようか」

平野は無言でモニターを見ている。桃田はマウスをクリックしてから、

「どう？」

と訊ねた。平野は前傾姿勢をやめた。

「どう思うよ？」

恵平と水品の顔を見る。

モニター上では、人影とビニール袋の境目がやや鮮明になっていた。かといって凝視してしまうとモアレしか確認できなくなる。視線の角度を様々に変え、目を眇《すが》めたり焦点をぼかしてみたり、そうするうち、次第に画像が鮮明に見えてくる。

「あれ、もしかして」

と、水品が言った。

「そうですよ」

恵平も同じことを考えていた。

「袋がふたつだったんじゃ？」

そうなのだ。ただの黒い塊として認識されていたゴミの袋は、どうやらふたつあったらしい。ひとまとめにして提げていたので、ひとつの袋と思ったのだ。ビル街から隅田川テラスへ出る途中で、大きいほうの袋をどこかへ置いてきたようだ。

「おかしいなあ。捜索したとき、こんな袋は見つかっていませんし、川に浮いていたのもひとつです。通報してきた川津さんも、ひとつ分の遺棄現場しか見ていません」

「一度逃げてからまた捨てに来たとか」

平野が言う。

「そういう話は、今のところないです」

「いずれにしても、袋がふたつあったのは間違いないみたいだね。大きいほうの袋には何が入っていたのかなあ」

「まだ見つかっていないのは……腕と下半身ですかね」

　恵平が答える。

「年齢、身長、その他わかっている条件から被害男性の体重を八十キロと推定すると、頭部の重さは八パーセント。六キロ半なら片手で持てるけど、胴体部分は約四十八パーセントで、腹部から下でも二十キロとか？」

　桃田が言う。

「長時間ビニール袋で運ぶのは無理だな」

「腕ならどうですか？」

「前腕、上腕、手首まで入れると片方が約八パーセント。両方で十二キロ以上もあるよ」

「腕って、けっこう重いんですね」

　妙な会話だと思う。

「頭部だけでも六キロ半。他の部位まで運んでいたなら、やっぱり徒歩じゃ無理だろうなあ」

「そうですねえ」

と水品が言った。

「それに、頭部はともかく、映像を見ると袋が軽そうなんですよ」

水品は恵平のパソコンに取り付いて、他の映像を呼び出した。人影が企業ビルの向こうへ消える、その一瞬の映像である。

「ちょっとこれを見てください。ひとつの袋だと思っていたから、そのままになってしまったんですが、ここ」

やはりペン先でモニターを指す。角を曲がった影が消える瞬間に、足首あたりの高さで袋が跳ねる。ほんのわずかだが、跳ねたように見えるのだ。

「首は重いから跳ねませんよね？　ぼく的には首と一緒に詰め込まれていた紙のせいかと思ったんですけど……でもこれは、大きいほうの袋が跳ねたんでしょうか」

恵平は頭の中で、その一瞬をリピートした。跳ねるゴミ袋の微《わず》かな動きは、どこかで見たと思うのだ。どこかで、どこで……？

「あっ！」

「ビックリした。なんだよ、いきなりでっけえ声を出すなよ」

耳に指を突っ込んで平野が叱る。

「桃田先輩、もう一度犯人の顔写真を見せてください」

「オッケー」

桃田は画像を呼び出した。驚いて振り返った男の顔だ。指先を切った手袋に、毛糸の帽子。パーカーにジャンパーを重ね着しているそのファッション。

「もしかして空き缶じゃ？」

と、恵平は言う。

「空き缶？　空き缶ってなんだよ」

「彼はホームレスの人じゃないでしょうか。自転車を持っている人もいますけど、そうでない人もたくさんいます。早朝に街を回って、空き缶や雑誌を回収して、それをお金にしているから、大きな袋に入っていたのは空き缶で、川に出るときどこかへ置いて、首だけ捨てて、缶はまた回収していったんじゃ」

「空き缶拾いのついでに、首を捨てに来たってか」

「ついでと言われると違和感がありますけど、逆についでだからこそ、早朝に仲間と会ったとしても、違和感を持たれないとも言えます」

「カムフラージュってこと？　いつも黒のゴミ袋を提げているからこそ、堂々と首を捨てに来られた。なるほど、それはあり得るね」

　桃田が言った。

「手袋の先を切ったのは作業しやすいためだったのか。徒歩だったわけも、そこが彼のテリトリーだから」

「んでも、一流の証券マンとホームレスと、接点はなんなんだ？」

「それは捜査してみなきゃ」

「そうだよな」

　桃田と平野の会話を聞いて、水品も身を乗り出した。

「隅田川沿いの言問橋《ことといばし》付近には、今も複数のホームレスが暮らしています。長くいる人ばかりなので区も黙認している感じですけど、基本的に新しい人がテントを立てると撤去されます」

「ただ空き缶を拾うにしても縄張りがあるらしいです。その人たちから話を聞けば、これが誰かわかるんじゃ？」

　恵平が水品を見ると、彼は右手を拳《こぶし》に握った。

「そうですね。では、ぼくが聞き込みしてきます」

　彼は画像修正を終えた写真を手に取ると、桃田や平野、そして恵平に頭を下げて、鑑識の部屋を出て行った。

「お手柄だったね、堀北」

桃田が言い、

「ケッペーは、妙なところに勘が働くんだよな。聞き込みだってできるだろうし」

平野は笑った。

「ホームレスに正月休みはないもんな」

「そうしたら事件は解決ですか？」

「どうかな。世の中そんなに甘くないけどな」

平野がそう言った時、恵平のスマホが鳴った。

「あ、ちょっとすみません」

先輩たちに断って電話を取ると、それは娘を捜していた母親だった。

「堀北さんですか。私は、内田《うちだ》と言いまして……」

ペイさんに写真を確認してもらったことを、恵平は電話で彼女に告げていた。残念ながらペイさんは、娘さんに見覚えがなかったが、お役に立てなかったということをわざわざ知らせた。そうすると約束したからだ。

「はい、覚えています。内田結羽《ゆう》さんのお母さんですね？」

母親は申し訳なさそうな声でこう言った。

「その節はお世話になりまして……あの……娘ですが、見つかりましたので」

「ほんとうですか？　よかったー。それはよかったですね」

恵平は心底ホッとした。クリスマスの若者には事情があるという洞田巡査長の言葉が頭に浮かぶ。

「何事もなく？」

詮索《せんさく》する気もないので軽く訊《たず》ねると、母親は言った。

「ええ……まあ……」

含みのある声である。

恵平は畳みかけることをせず、しばし沈黙して待った。

「なんといいますか、昨日なんです。タクシーで帰ってきたんですけど」

話し方から、恵平は、母親がなにか言いあぐねていると感じた。

職務質問の仕方や情報聞き取りの方法は警察学校で学んでいる。まだ浅い経験に照らしても、母親の様子は妙だった。もしかして、たぶん、何か相談したいことがあって連絡をくれたのではあるまいか。

「タクシーで、ですか。遠くから？」

「それが、佐久《さく》なんです」

と、母親は言う。

「佐久って長野の佐久ですか？　あれ、違うのかな。すみません。私、出身が長野市なので、こっちの地名に詳しくなくて」

似たような地名が都内にもあるのかと思って訊《き》いた。

「いえ、そうなんです、北佐久郡の軽井沢から」

「え？　タクシーで？」

軽井沢と東京間には北陸新幹線が通っている。タクシーを使うよりずっと速く安価に移動が可能だ。恵平は、ようやく訊いた。

「娘さんは無事なんですか」

出会ったとき母親は、メールも携帯電話も繋《つな》がらないと言っていた。連絡ツールを奪われて、お金もなくて、それでも東京へ戻ってこようとするならば、自分もタクシーを使うかもしれない。あそこは別荘地が多いし、近くに民家や派出所や交番が見つからず、誰にも助けを求められなかった場合は。

「怪我をしている様子はなくて、でも疲れ切って、今は寝ています。それで、堀北さんのことを思い出して、ご相談できないかと」

恵平は振り返った。後ろに桃田と平野がいて、何気にこちらを注意している。

「内田さん。私、今ちょうど署にいるんですけど、同僚の警察官と会話をシェアさせて頂いてもよろしいでしょうか。私より経験ある人たちが一緒にいるので」

かまいませんと母親は言った。

「平野先輩、桃田先輩。ちょっとお願いしたいことが」

恵平は二人の前にスマホを置いて、スピーカーホンに切り替えた。

「切り替えました。話してください」

「何があったのか、娘は話したがらないんです。でも、様子を見たらわかります。親子ですから。服装が……」

母親は深く息を吸い、

「家を出たときのまま、変わっていないと思います。一週間か、十日くらいか、髪の毛もベタベタで、臭いもして、タクシーの運転手さんが可哀想だったくらい。たぶん、ずっとお風呂《ふろ》にも入っていなくて……あの……娘は財布も、スマホも持っていなかったんです。運転手さんには家に着いたらお金を払うと言ったようで、料金は私が支払いました。まさか親が来ているとは思わなかったんでしょう。何があったのかまだ聞いていないんですけど、とりあえずお風呂に入れて、食べる物を食べさせて、風邪薬を飲ませて休ませました。今は夫がついていて、この電話は外からかけているんですけど、もしも何かあった場合に、被害届は……」

母親が何を心配しているか、恵平にはよくわかる。拉致《らち》、監禁、そしてレイプだ。

「丸の内西署刑事組織犯罪対策課の平野です」

平野がスマホに向かって言った。

「娘さんが使ったというタクシーですが、会社の名前はわかりますか？」

「わかります。レシートがあるので。待ってください」

しばらくしてから、

「鬼押出《おにおしだし》観光タクシーです」

「レシートにある日付と時間を教えてください」

平野はそれをメモしてから、

「レシートに数字が並んでいると思うので、それも教えて頂けますか。それで運転時の詳しい情報がわかります」

と言った。母親から情報を聞き終えると、

「こちらでタクシー会社に電話して確認します。お母さんは、娘さんが目を覚まして話ができるようだったら、先《ま》ずはしっかり聞いてあげてください。無理強いはいけませんよ？　大切なのは彼女の心と健康ですからね」

「はい。わかっています。でも、あの……病院へは連れて行ったほうがいいですよね？」

それについてはおまえが話せと、平野は恵平に顎《あご》を振る。

「警察には『レイプキット』と言って、加害者の体毛や精液を採取するためのキットがあります。本当はトイレにも行かずに警察へ来て欲しかったのですが、すでにお風呂に入って眠っているとのことなので、衣類を証拠品として残してください。娘さんが着ていた服は、下着も含め、すべて洗濯せずにビニール袋に入れておくこと。そして速やかに医療機関を受診してください。そのとき、レイプ被害に遭った可能性があることを医師に伝えて、膣《ちつ》内からＤＮＡサンプルが採れたら証拠として残すようにしてください。性感染症の検査も必要です。望まぬ妊娠を避けるために緊急避妊ピルを処方されますが、副作用の強い薬ですので、医師の指示に従うように」

残酷だけれど、逃げてはいけない。恵平がハッキリ伝えると、母親は泣き出した。

「しっかりしてください、お母さん」

「はい。いえ……いえ……大丈夫です。何をすればいいのかわかって、いっそ気持ちが定まりました」

「娘さんのお話を聞けたら電話ください。私、いつでもここにいますから。しっかりしてくださいね」

ありがとうございますと母親は言って、電話を切った。

「今のはなんだ？　いったいどういう話なんだ？」

平野が訊く。

「ペイさんのところへ指紋をもらいに行ったとき、たまたま会ったお母さんなんです。大学生の娘さんをサプライズで訪ねたら、アパートが留守で、冷蔵庫に食品が残っていたり、洗濯物が干しっぱなしで、心配になって捜していると」

「チラシでも配ってたのか」

「そうじゃないんですけど、一日中駅にいるペイさんなら、娘さんを見かけているんじゃないかと思ったみたいで」

「それで堀北が娘さんを捜していたの？」

「いえ。私はそんな時間もなくて。でも、顔じゃなくて靴を見ればもしかして、ペイさんなら覚えているかもしれないと思って、娘さんの全身を写した写真をもらって」

恵平はスマホを出して、内田結羽の写真を平野に見せた。

「確かにね。ペイさんは顔じゃなく、靴を見ていそうだもんね」

「で？　覚えてたのかよ」

「無理でした」

平野と話しているわずかな間に、桃田はネットでタクシー会社の電話番号を調べていた。

「あった。ここだよ、鬼押出観光タクシーは」

「やれやれ」

と、平野は言って桃田の脇に立ち、タクシー会社に電話した。本来なら一番下っ端の恵平が電話するべきなのに、平野は稀《まれ》にしか先輩風を吹かせない。警察官の素性を告げて、レシートにあった番号を言い、内田結羽を乗せた運転手と話をさせて欲しいと頼む。しばらくすると、オペレーターが当該運転手を呼び出してくれた。

「警視庁丸の内西署刑事組織犯罪対策課の平野と言います。少々お伺いしたいことがあって電話しました」

「あ……はいはい。どんなご用件でしょうか」

声を聞く限り、運転手は初老の男性のようだった。昨日、軽井沢から都内まで若い女性を乗せたかと問うと、運転手は、確かに乗せたと答えた。

「そのときの状況を、ざっと聞かせて欲しいのですが」

平野もスピーカーホンにセットしたので、会話は手に取るように聞こえていた。

「やっぱり犯罪がらみでしたか？」

と、運転手は言う。

「どうしてそう思うのですか」

「どうしてって、そりゃ」

運転手はため息を吐いた。

「あんなお嬢さんが独りでいたら、そりゃ、なんだろうと思いますよ」

「電話で現地へ呼ばれたのではなく？」

「そうですよ？　別荘地のあたりでね」

そして運転手は住所を言った。

「この時期は、別荘なんて空いてんですよ。今年はそうでもないですが、寒いしねえ、雪はあるし……避暑地だなんてもてはやされても、冬の間は寂しいもんです。店だってみんなしまっちゃうしね。大体十月くらいまでかな？　そっからゴールデンウィーク前までは、いるのは地元の人だけですよ」

「別荘地で彼女を拾ったんですか？」

「そうですよ？　独りでね、トボトボ道を歩いてたんだ。午後二時過ぎだったかな？

すぐに暗くなりますしね、しょんぼりした感じだったし、地元の人にしちゃ薄着で……東京の刑事さんはわからんでしょうが、このあたりは寒いから、みんな極寒服を着ています。でも、彼女は薄手のコートでね。こっちじゃ秋口の服装ですよ。まさか都会から自殺でもしに来たんじゃなかろうかって、ちょっと心配になったんで、徐行しながら窓開けて、もしもし大丈夫ですかって訊《き》いたんだ」

声をかけてくれたんだ。恵平はちょっと感動した。そういうことは郷里では普通にあった。ぶっきらぼうで愛想がないと言われる長野県人だけど、口下手なだけで根は温かいのだと思う。運転手は続ける。

「そうしたら、ここはどこですか、なんて訊くからさ。驚いたねえ」

平野と桃田は視線を交わした。

「自分がどこにいるか、知らなかったんですか？」

「うん。そうみたいだった。教えてやったら驚いてたねえ。それで東京まで乗せて欲しいって。そう言ったってあんた、東京までなんて高くつくから、駅から新幹線を使いなさいよと言ったんだけど、お金がないって言うもんで」

「お金がないのに乗せたんですか？」

「これは普通じゃないと思ったからね。こっちはとにかく寒いんだから……なんでもいいから先ずは車に乗りなさいって、車に乗せて、警察に行きますかって訊いたんだけど、家に帰りたいの一点張りでね。家に帰ればＡＴＭでお金を下ろして、お支払いはしますというんで、一応、会社のほうに連絡してね。それでとにかく彼女を乗せて、家まで送って行ったんだけどさ、お母さんか誰かが、もうアパートで待ってましたよ？　無事に戻れてよかったけども。たまたま見かけて声を掛けて本当によかったっていうかねえ」

「彼女は何か話しましたか？　どうして軽井沢にいたかとか」

「訊いてみたかったけど、ずっと後ろで寝ていたからね。よっぽど疲れていたのかな。途中でちょっとコンビニ寄って、コーヒーとサンドイッチを買ってあげてね、いいから食べなさいってあげたんだけど、素直に食べたから、こりゃ大丈夫かなと安心してね……やっぱり誘拐かなにかでしたか？」

「いえ。詳細はまだわからないんです」

そうですかと運転手は言った。

「いけないよね……別荘地ってのはさあ、いろんな人が出入りするんだし、冬は人目につかないしねえ。そもそも離れて建っているから、中で何かあってもわからない」

平野は運転手に礼を言い、通話を切った。

「人の好《よ》さそうな運転手に見つかって、彼女は運がよかったってことか」

しみじみと桃田が言う。

「どうして軽井沢になんかいたんでしょうか」

「そこなんだが……」

平野は捜査手帳を出した。

「やっぱりだ……もう一本電話を掛けさせてくれ」

自分のスマホはポケットに入れ、署の固定電話に向かう。

「何がやっぱり？　どうかした？」

桃田の問いに、平野は答える。

「運転手が言った住所だけど、証言通りに別荘地でさ」

「平野は軽井沢に詳しいの？」

「そうじゃない。どこかで聞いた地名だなと思ったら、たまたま千葉敬一郎の別荘の住所と被《かぶ》っているんだ。そっちは長野県警の佐久警察署に協力要請したんだが……気になるだろ」

恵平は心の中で「え？」と訊《たず》ねた。それはどういうことだろう。内田結羽と千葉の別荘。ふたつに関わりがあるのだろうか。

「大いになるね。でも、別荘の内部は長野県警で調べてるんだろ」

桃田が言う。やはり疑問に思っているのだ。

「調べてくれているとは思うが、いま運転手と話した感じじゃ、駐在が見に行っただけとかさ、ノックして、『誰かいませんか？　いませんね、はい、異常なし』ってのが、あり得るんじゃないかって……長野県警は優秀だって噂だけどな」

確かにそれはあり得る話だ。恵平は首をすくめた。とにかく長閑《のどか》で、自然も人も美しいだけの街である。県庁所在地の長野市でさえ、凶悪事件なんか殆《ほとん》ど起きない。

平野は捜査手帳にメモした番号へ掛け、佐久警察署の担当刑事を呼び出した。そして、「こちらは警視庁丸の内西署……」と名乗ったところで、

「えっ？」

と、緊迫した顔を恵平たちに向けた。あとは受話器を抱えるようにして、当該部署と話をしている。

「はい……はい……わかりました。はい。すぐに向かいます」

電話を切って、手帳をしまう。

「杞憂《きゆう》だった。長野県警は千葉の別荘を見分して、うちへ電話しようとしていたところだった。別荘で複数のビデオを見つけたらしい」

「ビデオって……」

恵平が訊く。とても厭《いや》な予感がした。答えが想像できたからこそ、それを聞くのが怖かった。

「非合意で撮ったと思《おぼ》しきわいせつビデオだ。千葉と被害女性が映っている。他に女性の下着やバッグ、靴、携帯電話が見つかったらしい。長野県警に家出人捜索願が出ていた女子中学生の生徒手帳もあったらしいが、残念なことに建物は無人だ。浴室の窓が内部から割られていて、誰か監禁されていたんじゃないかと言っている」

「まさか、内田結羽さん？」

さっきまで、千葉敬一郎は悼まれるべき被害者だった。一刻も早く全身を見つけて、遺族に返されるべき悲劇の被害者だったのだ。ドキ、ドキ、ドキ、と心臓が躍る。見ていた景色が変化する。白骨化した女性の手首。はめられていた氷雪のリング。かわいらしい布製リュックと大量の血液。三十年以上前に始まった惨劇の謎。恵平は苦しくなって深呼吸をし、自分を奮い立たせようと拳《こぶし》を握った。

「そうかもしれない。俺は河島班長に報告してくる。ケッペーも来い。内田結羽さんのことを説明してくれ」

「わかりました」

恵平は桃田に頭を下げて、平野と一緒に部屋を出た。


大晦日《おおみそか》。早朝の捜査会議に平野の姿はなかった。

彼はあの後すぐに河島班長と軽井沢へ飛んで、千葉敬一郎の別荘と、そこで見つかった証拠品の数々を検証することになっていた。千葉の残った部位は見つからず、干からびた手首の主も不明であったが、軽井沢の別荘から少女たちのいかがわしいビデオが出たことで、内田結羽も被害者の一人だった可能性が浮上していた。

長野県警からはすでにビデオ映像が届いていて、会議室正面のホワイトボードに被害女性の顔写真と氏名年齢等、わかりうる限りの情報が貼り出されていた。

いかがわしいビデオを撮られた少女は八人。うち一人が家出人捜索願を出された中学生で、出願は三年前だった。内田結羽の写真はない。

「長野県警佐久警察署の調べによると、顔写真など照会した結果、八人のうち三人の身元が判明した。いずれも長野と東京で捜索願が出されている」

ズラリ並んだ写真の前で、川本課長が説明する。

「小野寺恭子《おのでらきようこ》。失踪《しつそう》当時十四歳。小諸《こもろ》市在住。三年前の夏に家出人捜索願が出されている。

佐久間香里《さくまかおり》。失踪当時十九歳。都内のアパレルメーカー勤務。三年前の冬、友人と食事をした後で行方がわからなくなり、職場の上司が捜索願を出した。

井口琉生《いぐちるい》。失踪当時十九歳。都内在住。北千住《きたせんじゅ》の居酒屋でアルバイトをしていたが、二年前の夏に消息を絶った。同年秋に結婚予定。特異行方不明者捜索願が婚約者から出されている。三名いずれも発見されていない」

八枚の写真は、いずれも童顔でかわいらしいタイプの少女たちだった。内田結羽もそんなタイプだ。小柄で童顔。目がくりくりとしてチャーミングな女性だ。

「これらのビデオはバラバラ事件の被害者千葉敬一郎が所有する別荘で見つかった。少女たちと行為に及んでいるのは千葉敬一郎本人で、身元が判明した三人の女性に関しては、千葉の別荘から身分証や携帯電話、生徒手帳などが見つかったことで判明したものである。他五名の身元は現段階で不明。長野県警佐久警察署によると、千葉が所有する別荘は軽井沢町の北、比較的閑静なエリアにある。オーナーの多くはシーズン外の管理を地元の管理業者に委託しているが、千葉はそうではなかったという。エリアに管理業者が設置した防犯カメラがあって、十二月二十二日未明、千葉の別荘へ向かうタクシーの映像と、その約三十分後に現場を離れる同じタクシーが映されている。映像で確認した限り乗客は一名。千葉敬一郎本人と思われる」

川本課長は、そのタクシー会社を当たれと捜査班のひとつに指示をした。

「来てすぐ帰ったってことなのかなあ」

最後部の席で、恵平の隣に座っていた桃田は、独り言を呟《つぶや》きながら自分のノートにメモをした。

いったい、何がどうなっているのだろう。

恵平は、事件は謎合わせのようなものだという柏村の言葉を考えていた。ピースがすべてはまったときに、刑事は『これが真実だ』と確信を得るという。だからこそ、すべてを把握しなければならない。たとえそれが心を抉《えぐ》る真実であっても。

「長野県警が押収したビデオ、私たちも見せてもらえないんでしょうか」

ひそひそ声で恵平が訊《き》く。桃田は、なんで？　という顔をした。

「挙手してもいいですか？」

すると桃田は頭《かぶり》を振って、小さい声でこう言った。

「そういう話は課長を通して」

恵平は挙手をやめ、捜査会議が終わるのを待った。

捜査会議の終了後、解散して課長が部屋を出てくるのを、恵平は桃田と待っていた。捜査員らが駆け出していくのをやり過ごしてから部屋を覗《のぞ》くと、鑑識課長が伊藤を連れて、ちょうどこちらへ向かってくるところだった。

内田結羽の母親と交わした一連の会話や、その後平野が軽井沢のタクシー会社と話したことはすでに報告してあったので、課長は足を止めて恵平に訊いた。

「どうした。また何かあったのか」

「いえ。そうじゃないんですけど」

恵平は顔を真っ直ぐに上げた。

「長野県警が押収したビデオですが、私も確認したいんです」

「どうして」

と、伊藤が訊く。

「はい。あの……捜査会議に出て、ちょっと思ったことがあって」

「言ってみろ」

課長はじっと恵平を見ている。桃田はフォローしてくれるように脇に立つ。

「指輪を確認したいんです」

「指輪？　なんの？」

「はい。身元が判明した三名のうち、十九歳の居酒屋アルバイトの女性は婚約者がいたと聞きました。それで思ったのが、リュックに入れられていた手首のことです。氷雪のシルバーリングが左手の薬指にはめてあったから」

課長と伊藤は顔を見合わせた。

「彼女の手首だと思うのか？」

「ちょっと思っただけなんですけど。婚約者がプレゼントしたものじゃないかって」

「ぼくが調べてみた結果、当該デザインのリングは二〇一六年のクリスマス限定品で、価格は一万二千円でした。失踪時期との齟齬《そご》もないし、その指輪は毎年イブにちなんで百二十四個しか売らないそうです」

やはり桃田がフォローしてくれた。

「よし。その件に関しては佐久警察署の捜査陣と連携を取るようにする。ただし、こちらで確認できることもあるかもしれんから、データを見てみるか」

課長が人差し指を資料室へ向ける。恵平と桃田はすぐさま踵《きびす》を返して、資料室に機材を運ぶ準備を始めた。

伊藤の話によると、長野県警が送ってきたデータは、八人の被害者について身元判明に役立ちそうな箇所をピックアップしただけのものだという。ビデオテープは何本もあるので、長野県警でもすべての検証を終えられてはいないのだという。

とりあえずのデータを確認してみると、映されていたのは完全なるレイプ映像で、被害女性はみな意識がないようだった。

「薬でも飲まされているんでしょうか」

恵平は少し前、アダルトビデオを延々と見続けるという捜査を行った。そのときもきつい仕事だと思ったが、千葉のビデオはそれと比べものにならないくらい胸糞《むなくそ》の悪いものだった。千葉という男の傲慢《ごうまん》さとえげつなさ、薄情さと薄汚さが、余すことなく映されていてショックを受けた。昨日まで、千葉は胴体を輪切りにされた被害者だった。理不尽な殺され方をして、いらなくなった部品のように遺棄された。その現実に心を痛め、無念を晴らしてやりたいと思っていた。なのに、この映像はなんだ。この破廉恥さは。ケダモノにも劣る行為は。彼の残酷な死に様を知って悲しむ遺族など、いないのではないかとすら思えるほどだ。

「なんなんですかこの人はっ」

人の尊厳を踏みにじる蛮行を目の当たりにして、恵平は震えた。

「仕事をしろ。怒るのは後だ」

課長は諭したが、伊藤が無言で席を立ち、恵平の肩を叩《たた》いてくれたので、被害女性たちの悔しさを思って湧き出る涙をかろうじて抑えた。恵平は怒りで目眩《めまい》がし、こんな映像を残されて、見ず知らずの自分たちに検証される少女たちの屈辱を思った。

この男……八つ裂きにされても仕方のないヤツだったんじゃ。

何度も同じ考えが頭を過《よ》ぎり、そのたびに恵平は自分を責めた。

「指輪は確認できないなあ」

桃田が言って席を立つ。

女性の意識がないために、彼女たちの手や指先を確認するのは難しい。レイプ犯が自己満足できる記録映像でしかないのである。

「佐久警察署へ電話して、他の画像がないか聞いてみます。もしかしたら、すでに指輪の映像を確認できたかもしれないし」

桃田が電話をしている間も、恵平は可哀想な少女たちを見守り続けた。そして全身にムラムラと千葉への怒りを滾《たぎ》らせた。評判のいいエリート証券マン。複数の資産を持ち、元の妻や子供たちを支え続ける父親は、こんな顔を隠していたのだ。

昼過ぎまで映像を確認してみたが、氷雪のシルバーリングを見つけることはできなかった。何人かの少女は指輪らしきものをはめていたが、映像が不鮮明すぎて特定に至らなかったのだ。

ところがそれから約一時間後、桃田の要請で新しく送られてきた動画を見ていた恵平は、巻末に妙な画像が挟み込まれているのに気がついた。上書きしようとして失敗したのか、突然映像が乱れて筋状のノイズが現れ、その合間に一瞬だけ、裸体らしきものが映り込んだと思われた。

巻き戻して確認すると、やはりノイズの隙間に裸体が見える。

「桃田先輩」

恵平は映像をフリーズさせて桃田を呼んだ。

「ちょっとこれ見てください。ダビングを失敗した跡じゃないかと思うんですけど」

桃田は席を立ってきて、恵平のモニターを覗き込んだ。

「あー……そうかもね。元の画像が残ったのかな」

「これってクリアにできないですか？」

「できるかなあ」

と言いながら、桃田はデータをコピーする。それを持ってソフトウェアが充実している自分のデスクトップパソコンに戻ると、映像の解析を始めた。

そこへ久松警察署の水品刑事が顔を出す。彼は昨日から、隅田川に千葉の頭部を遺棄したホームレスについて聞き込みをしている。捜査会議に出たあとも、隅田川周辺を歩き回って来たのであった。

「お疲れ様です。ヤバいビデオの首尾はどうですか？　これ、差し入れ」

水品はわざわざ恵平の前に来て、ずしりと重い袋を手渡した。

「なんですか？」

「元禄堂《げんろくどう》のアンパンだよ。ソラマチのあたりまで聞き込みしたから」

アンパン。しかも元禄堂の、甘くてふわふわで美味《おい》しいヤツ。

身も心もズタズタにされる作業に没頭していたからこそ、水品の差し入れで恵平は目が覚めた。暗くて陰湿でドロドロとしたレイプと殺戮《さつりく》の現場から、一足飛びに明るい現実に引き戻されたようだった。アンパン。私はまだそれを食べることができるじゃないか。食べて、戦うことができるじゃないか。

「ふぁーっ！　ごちそうさまです！」

恵平は膝《ひざ》におでこがくっつくほど頭を下げて、こっそりと涙を拭《ふ》いた。

「じゃあ、お茶淹《い》れてきますね。課長、久松警察署の水品さんが」

「聞いてりゃわかる。早く茶を淹れてこい」

それで恵平は給湯室へすっ飛んで行った。

人数分のお茶をお盆に載せて資料室へ戻ってみると、課長らはすでに立ったまま、水品が買ってきたアンパンを食べていた。桃田だけはまだ作業中で、確保したアンパンをデスクの脇に載せている。自分の分は残っているだろうかと不安になったが、お茶を配りながら覗いて見ると、袋の中にはまだ二つばかりパンが残っていた。

全員にお茶を配り終えてから、恵平はようやくアンパンを手に取った。嬉《うれ》しい。よかった。東京にはアンパンのおいしい店がたくさんあって、それぞれに特徴があるのだが、殆《ほとん》どはもうお正月休みに入っている。元禄堂のアンパンは焼き目が薄くて生地が柔らかく、ふわふわで、とろけるような舌触りだ。

「頂戴《ちょうだい》します！」

袋を破ると、パンの香りが広がった。

『ぱふん』とひと口かじった途端、クリームとあんこの甘さで心が痺《しび》れる。

「ううう……おいしーいぃいぃい……」

「ったくおめえは……アンパンひとつでそんなに感動できるか普通」

伊藤が笑う。

「いえ。むしろそんな堀北さんに感動します」

水品も笑っている。

「それで？　どんな具合だ。聞き込みのほうは」

鑑識課長が水品に訊《き》いた。

水品はアンパンを呑《の》み込むと、口の中をお茶で流してこう言った。

「残念ながら芳しくありません。隅田川界隈《かいわい》は現在、川の両岸に数名のホームレスが暮らしています。一軒一軒確認に回ってみたものの、定住者の中に当該人物はいませんでした。縄張りでいうと隅田川周辺だけでなく、東京駅のあたりからも空き缶拾いに出てくるそうで、一日に二十キロ以上移動するのもザラのようです。念の為に写真も見せて回ったんですが、あまりフレンドリーな対応ではなく……見かけない人物だと言われてしまって」

「東京駅周辺のホームレスなら、堀北のほうが詳しいんじゃねえのか」

伊藤が言う。そして水品に補足した。

「こいつはこの間まで東京駅おもて交番にいたからな。どうなんだ？」

恵平は改めて写真の人物を見てみたが、識別番号を持つホームレスではない。それは間違いのないことだった。

「私はあれですけど……でも、メリーさんなら」

あまりにパンが美味しいので、ゆっくり味わって食べながら言う。

「メリーさんって誰ですか？」

「八重洲口《やえす》にいるホームレスのお婆さんです。けっこう顔が広いので」

「堀北さんは、その人と親しいんですか」

「堀北にしか口をきかねえ婆さんなんだよ。堀北と靴磨きのペイさん以外にはな」

「メリーさんに話を聞いてみましょうか？」

と、恵平は言った。

「お願いします」

水品が頭を下げたとき、ドアが開いて、平野が部屋へ入ってきた。

「戻りました。ひゃー、軽井沢、寒いのなんのって」

恵平が食べているアンパンに目をやると、

「なに？　食い物？」

と、聞いてくる。もう一つ残っていたなとテーブルの袋に目を移したとき、平野は恵平のアンパンを半分ちぎり取っていた。

「あっ、私の！」

「うめえなこれ。どこのパンだ」

「水品さんが買って来てくれたんですよ。まだもう一個……」

恵平は袋を覗《のぞ》いて「ない！」と悲鳴をあげた。

「悪いな。アンパンは俺の好物なんだよ」

ふたつ食べた伊藤は悪びれもしない。見れば桃田も素早く自分のパンを確保して、袋から出してかじっている。大きな口で、パクン、パクンと。

「うう……美味しすぎるから、ゆっくり味わって食べていたのに」

「そんなに好きならまた買ってきますよ」

「いや、もう充分だ」

と平野は言って、手つかずだった桃田のお茶を飲み干した。

「千葉の別荘を確認してきました。割れた窓ガラス周辺で採取された指紋データが、まもなくこっちへ来ますから」

平野は恵平の顔を見て言った。

「内田結羽の指紋だと思う」

「もしやそうではと、私も思っていたんです。お母さんに電話してみますか？」

「頼むわ。それと」

平野は捜査手帳を出して、鑑識課長に報告した。

「鬼押出観光タクシーへ行って詳しく話を聞いてきました。千葉の別荘からは年に数回ほど回送の依頼があるそうで、別荘から軽井沢駅までの送迎を頼まれるようです。乗客は千葉一人だけのこともあれば女性が一緒の場合もあって、佐久警察署が押収したビデオから顔写真を抜き出して確認してもらいましたが、被害女性かどうかは確認が取れませんでした。意識不明の女性を運んだというようなことはなかったそうで、防犯カメラに映っていたのも地元のタクシーでなかったことから、千葉が女を連れ込むときは、都内で車を拾って軽井沢まで来ていたようです。室内には撮影用のカメラがあったほか、内部から鍵《かぎ》が開かないよう細工されていた形跡もあり、女性を監禁していたのかもしれません。保存用食料は、けっこう用意されていました。あと、佐久警察署が見分した結果、客用トイレとバスルームからも隠しカメラが見つかったそうです」

「どこまで恥知らずなの」

恵平は真っ赤になった。

「内田結羽さんもそこに監禁されていたのかしら」

「そうじゃないかと俺は思うね。都内からタクシーに乗せられて、別荘へ連れて行かれた。でも、何かがあって、千葉だけがこっちへ戻ったんだ」

「防犯カメラには千葉しか映っていませんでしたよ」

「彼女のほうは意識がなくて、後部座席に横たわっていたんじゃないかと思う」

「だから千葉しか映らなかったのか。確かにそうかもしれませんね」

と、水品は言った。

「撮影スタジオよろしく、専用の照明機器まで用意してたぞ？　正真正銘のクソ野郎だな」

「被害女性たちはどうなったんでしょうか」

「写真撮られて、脅されて、金を握らされて放り出されたんじゃないかと思う。別荘地の公衆電話から鬼押出観光タクシーへの呼び出しは頻繁にあって、タクシー会社でも何か変だと噂になっていたそうだ。内田結羽さんを拾った運転手も、それがあるから近くを流すようにしていたらしい」

「冬は別荘地に人がいないと言っていたのに、どうしてタクシーで通ったのかと思っていたら……そういうことだったんですね」

「そろそろいいかな」

平野の話が一段落したとき、アンパンを食べ終えて桃田が言った。

「堀北が見つけたデータを処理してみたけど、どう思う？」

恵平は、千葉のビデオに挟み込まれていたノイズだらけの画像を桃田に補整してもらったのだと平野に話した。桃田はマウスをクリックして、先《ま》ずはノイズだらけの画像を出した。それに補整を加えていくと、モノクロ写真のようなものが浮かび上がった。ぐったりした全裸の女性だ。顔面が腫《は》れ上がり、首に索条痕《こん》がある。

「む。これって死体じゃねえのかよ」

平野が言う。課長も伊藤も寄って来た。

画像は粗いが、何が映っているかは一目瞭然《いちもくりょうぜん》だ。

「野郎……コロシまでしていやがったか……」

伊藤が呻《うめ》いた。画像は全身ではなく、胸部から上半身が映っている。女性は床に転がされていて、その周囲を雑多な物が取り巻いている。

「これ、千葉の別荘じゃないですね」

何本ものビデオを確認してきた恵平が言う。

「そうだな。物置か、倉庫みたいな感じもするな」

「証券会社の倉庫とか？」

「バカ言え。床が土なんてあり得るかよ」

「どうして土だとわかるんですか？」

恵平が訊《き》くと、平野ではなく水品が答えた。

「三和土《たたき》といって、地面を叩《たた》き固めた土間のようです。床面が均一ではないのでわかります。うちの所轄のあたりにはこういう造りの建物がまだたくさん残っていて……下町の工場とか。ほら、これ」

水品は画像の奥に見切れた物体を指で示した。

「機械の脚だと思うんですよね。常に水を使ったり、油が落ちたり、そういう場合は土のほうが使い勝手がいいそうです」

「何の機械ですか？」

「さあ……そこまでは……」

「金で黙った女はとにかく、騒がれた場合は殺したのかな」

拳《こぶし》を口に当てて平野が呟《つぶや》く。

「だから身分証や携帯電話が、中途半端に残ってたのかもな。金を摑《つか》んで逃げ出した女は、服も鞄《かばん》も持ち帰ったってことだから」

「じゃあ、被害者は……」

内線電話が鳴って、桃田が受話器を取り上げた。そして鑑識課長に目をやると、

「捜査本部からです。佐久警察署の鑑識で画像を調べた結果、被害女性の一人が、左手薬指に氷雪のシルバーリングをはめていたことが確認できたそうです」

「手首の骨は彼女のものか」

忌々《いまいま》しげに課長は言った。

課長と平野が一緒に部屋を出て、少なくとも身元が判明した三人の女性に関しては、すでに死亡している可能性があると捜査本部へ報告に向かった。

残された恵平たちは伊藤の指示で、死体写真と思《おぼ》しき画像のデータを他の捜査員と共有するためプリントした。

水雪のシルバーリングが確認できたので、一旦《いったん》ビデオの検証をやめ、恵平は私服に着替えて、水品と一緒にメリーさんを訪ねていくことになった。部屋を出るとき、恵平は思いついて、死体の写真を一枚欲しいと桃田に頼んだ。

「どうするつもり？」

桃田が訊《たず》ねる。

「さすがのメリーさんも女の子の顔なんか、わからないよね」

「そうじゃないんです。ご遺体ではなく背景の」

この部分を見てもらうのだと、恵平は雑多な品々を指す。

「メリーさんの仲間に徳兵衛《とくべえ》さんって人がいて、夜だけ大手《おおて》町《まち》側のガード下に寝てるんですけど、すごく腕のいい板金工で、昼は町工場の仕事をしているんです」

「なるほど、その人に見てもらうのか」

「町工場の機械は特注品が多いらしくて、直しながら使うんだって言っていました。だから徳兵衛さんみたいに腕のある人が、あちこち頼まれて修理に行くんです」

桃田は首をすくめて笑った。

「なんというか、堀北は……」

「なんですか？」

「いや別に。水品刑事、彼女を頼むよ」

「わかりました」

いってきますと恵平は言い、水品と署を飛び出した。


大晦日《おおみそか》。午後の陽はすでに傾き始めて、建ち並ぶビルが夕日の色に光っている。その影が長く歩道に落ちて、帰省ラッシュは疾《と》うに過ぎ、カウントダウンイベントに向から人たちの混雑が始まっていた。イベントが行われる各地へ向から列車は臨時ダイヤで運行されるようで、随所に案内板が立っている。初日の出を見に行く人や、初詣《はつもうで》のための列車もあって、東京は本当に休まない街だなあと思う。

「まるで警察官みたい」

恵平は思わず呟き、

「何ですか？」

と、水品に訊かれた。

「大晦日でも臨時ダイヤが運行されて……事件を抱えた刑事みたいだなって」

本当ですねと水品が笑う。

「ところで堀北さん、質問してもいいですか」

「はい。なんでしょう」

恵平たちはメリーさんが夜を過ごすY口26番通路から地下道へ入ってきたのだが、そこに彼女の姿はなかった。ホームレスの人たちは、一般人が姿を消した真夜中から早朝の間だけ、その場でひっそり暮らしているのだ。それでも、日が暮れてしまうと寒くなるから、今は少しでも暖かい場所へ移動しているはずだ。企業が年末年始休業に入ったこの頃は、行動範囲が広がるだろうか、狭まるだろうか。

「どうしてホームレスと知り合いなんです？」

どうしてって……恵平は首を傾げた。

「交番勤務だったんです。東京駅は広いから、色々な場所にホームレスの人がいて、最初にパトロールしたときに、識別番号というか、その人たちがテリトリーにしている場所を教えてもらったというか」

「ホームレスを公共の施設から排除したり、そういう条例がありましたよね。あれで随分数が減ったと思うんですけど」

「その頃自分はまだ学生だったので詳しくないんですけど、丸の内西署に赴任してからずっと、メリーさんたちには助けてもらっているんです」

「助けてもらった？」

「はい。今もそうですよね。あっ」

地下街の人垣に、恵平はメリーさんらしき姿を見た。

メリーさんは小さいけれど、ある物すべてを着込んでいるので、普通の人の倍くらい横幅がある。だから人の頭の幅を見ていると、容易に存在を知ることができる。

「いました。後をつけましょう」

「呼び止めて話を聞かないんですか？」

「人混みを出てから声をかけましょう。あまりひと目を惹《ひ》かないように。この道は先で行き止まって左右に分かれます。そこまで行くと人通りが少なくなりますから」

水品は感心してついて来た。

「堀北さんって、ホントに研修中ですか」

「はい。地域課研修を終えて、刑事課研修二ヶ月目です。次は生活安全課へ行って」

「交通課で一ヶ月。そこからまた地域課ですね」

「そうです」

「刑事志望なんですか」

恵平は水品を振り返る。

「まだわかりません。初任総合科だって無事終えられるかどうか」

「あなたなら大丈夫でしょ」

へらりとした感じに水品は笑う。

「あ、左へ曲がりましたよ。行きましょう！」

ポンと背中を叩《たた》かれて、恵平は足を速めた。

メリーさんの膨らんだ体は、通りの向こうへ消えていた。


東京駅近く、丸の内仲通りにあるベンチのひとつに水品とメリーさんを待たせて、恵平は近くのコンビニで熱々の肉まん三つと、メリーさんのためにペットボトルのお茶を買った。ベンチに戻ると水品は手持ち無沙汰《ぶさた》に座っていて、隣にメリーさんの着膨れた体が、オブジェのように載っていた。恵平はメリーさんの前に膝《ひざ》をつき、熱い肉まんとお茶を差し出した。彼女が受け取るのを待ってから、自分の分をひとつ取り、残りを水品に渡した。

「アンパンじゃ足りなかったですか？」

と、水品が訊《き》く。

「平野刑事に半分とられちゃいましたもんね」

「アンパンは美味《おい》しかったです。でも、肉まんも、寒いと食べたくなりますよね」

半分に割ると湯気が立ち、ホロホロと餡《あん》がこぼれ出す。恵平はそれを口で受け、「あちち」と言いながら皮をほおばった。

「ホントに美味しそうに食べますねえ」

その横でメリーさんは肉まんを一口ずつ千切って口に入れ、温かいお茶で流し込む。

「美味しい？」

恵平が訊くと、頷《うなず》いた。

水品は不思議そうな顔をしながらも、たったの四口で食べ終えて、包み紙とコンビニの袋を一緒に丸めてポケットに入れた。

日が暮れれば仲通りはシャンパンゴールドの光に包まれるけど、この時間だと街路樹に張り巡らされた電線やＬＥＤが見て取れる。魔法の道具が剝《む》き出しなのだ。恵平はメリーさんの速度に合わせて肉まんを食べ、メリーさんがお茶を飲み干したタイミングでようやく立ち上がって、ポケットに手を入れた。

「あのね、メリーさん。見て欲しい写真があるの」

メリーさんはお茶のペットボトルを鞄《かばん》にしまい、濡《ぬ》れティッシュを出して一枚くれた。もう一枚も恵平に渡して、水品が手を拭《ふ》けるよう促した。二人でありがたくティッシュを使うと、ゴミを受け取って袋に入れて、それも自分の鞄にしまった。

恵平は、隅田川テラスで首を遺棄した人物の写真をメリーさんに見せた。

「この人のこと、知らないかな」

メリーさんは写真を受け取ると、

「鍾馗《しょうき》さんね」

と呟《つぶや》いた。性急に尻《しり》を浮かす水品を、恵平は目で黙らせた。

「しょうきさん？」

「面接があって髭《ひげ》を剃《そ》ったの。髪の毛もね、床屋さんへ行って切ったのよ。それまでは髪も茫々《ぼうぼう》、髭も茫々、それで目つきも鋭くて、だから呼び名が鍾馗さん」

「ホームレスをしているの？」

「日本橋あたりにいる人よ。冬の間は隅田川の炊き出しに来ていたり」

「今も日本橋にいるかしら？　鍾馗さんに会える？　場所を教えて」

「どうかしらねえ」

と、メリーさんは首を傾げた。

「その人、どこの面接を受けたの？」

「そこまでは知らないの。まだ五十代で若いから、徳兵衛さんがお仕事を紹介したり
……でも、お勤めはしてるのかしら。お正月休みになっちゃったかしら」

「日本橋のどこへ行ったら会えると思う？　鍾馗さんがいるのはどこ？」

メリーさんは膝《ひざ》に手を置き、恵平の瞳《ひとみ》をジッと見た。

「麒麟《きりん》の下よ。あの橋あたり。でも、彼はいい人よ？　いい人だから徳兵衛さんが世話をしてるの」

「徳兵衛さんにも会いたいの。写真を見てもらいたくって」

「徳兵衛さんならあそこにいるわ。日が暮れて、人が通らなくなった頃」

「わかった。メリーさん、ありがとう」

するとメリーさんはこう言った。

「お姉ちゃんお巡りさん。今度は何を捜しているの？」

余計な事を言ってはいけないと、水品の表情が語っている。恵平は一瞬黙り、よく

考えてからこう言った。

「女の子が行方不明なの。見つかったのは手首だけ。もう白骨化していたの」

「まあ……」

　メリーさんは表情を曇らせた。

「私、この前また柏村さんに会って……玉の井で起きたバラバラ事件の話を聞いた。加害者と、被害者、真実をねじ曲げるウソではなくって、都合のいい部分だけ語って、都合の悪いことは隠す。そんなウソの吐き方もあるって、教えてもらった」

「柏村さんに？」

「そう」

　メリーさんは指なし手袋をはめた手で、恵平の両手を優しく包んだ。

「それなら事件は解決しますよ。お姉ちゃんお巡りさんは、今夜にでも徳兵衛さんのところへ行くのでしょ？　今日は大晦日《おおみそか》だから、炊き出しの場所にいるかもしれない。東池袋《いけぶくろ》の公園よ。みんなお正月は寂しいの。家族のことを思い出すから」

「NPO法人の炊き出しは二十一時からです。ボランティアをしたことがあります」

　思いがけず水品が言う。聞き込みは日暮れを待つしかない、ということだ。

「メリーさん、ありがとう」

そして恵平は、ずっと気になっていたことをメリーさんに訊《たず》ねた。

「メリーさんは、お正月をどこで過ごすの？」

返ってきたのは思いがけない言葉であった。

「年末年始は餅屋《もちや》のかき入れ時よ。今はお餅を機械でつくけど、新年の特別なお餅は ね、まだまだお嫁さんだけに任せられない」

「え、それじゃ？」

メリーさんは頷いた。

「新年の四日まで、家に戻ってお菓子をね。花びら餅っていうのだけれど、お正月の おめでたいお餅なの」

「花びら餅？」

恵平はそのお菓子を知らなかった。

「薄く伸ばしたお餅で薄紅色の味噌餡《みそあん》を包んでね、真ん中に塩鮎《しおあゆ》に見立てたゴボウの 甘煮が二本。お雑煮を和菓子にしたものなのよ。秘伝のゴボウの甘煮がね、息子夫婦 だけだと、どうにも」

メリーさんはふくよかに微笑んだ。

「花びら餅は主人の大好物だったのよ。ゴボウの甘煮を任せてもらえるようになったのは、お嫁に来て二十年も経ってからだった。今では難なくできるけど、あの頃はどうして上手《うま》くいかなかったのか、そっちのほうが不思議なの」

恵平は微笑んで頷くと、水品と共にその場を離れた。

ホームレスのメリーさんは、特別なお菓子を作るために兎屋の大女将《おかみ》に戻るのだという。見えているものの危うさと儚《はかな》さと、したたかさと逞《たくま》しさ。シャンパンゴールドに輝く街の種明かしを眺めながら、恵平は、そんなことを考えた。

半歩ほど前で水品が足を止める。恵平のスマホがけたたましく鳴る音が聞こえたからだ。着信ボタンを押すと、平野の声がした。

「俺だ。平野だ。メリーさんに会えたかよ？」

「会えました」

「水品刑事も一緒か」

「一緒です」

「今どこだ」

「どこって、ここは」

「丸の内の仲通りです」

水品が答える。

「走って東京駅へ戻ってこい。丸の内北口の駅前広場だ。内田結羽とその家族が、帰省する前に少しだけ、話をしてくれるとさ」

「え？」

恵平が水品の顔を見て、二人同時に走り始めた。

「彼女と連絡取れたんですか？」

「河島班長が電話して、聴取に応じてくれと頼んだんだ。そうしたら、娘は実家へ連れて帰るし、本人も話したくないと言っているって」

「わかる気がします」

「それでも食い下がったらお母さんが電話に出て、おまえとなら話してもいいと」

「私が女だからですね？　すぐに行きます」

「こっちで千葉の写真を持って行くから、娘に確認させるんだ」

「え、生首のですか？」

「バーカ。それは身元が割れる前だろ？　いくらなんでもそんなの見せるか、社員証の写真だよ」

恵平はホッとした。

「すぐ行きます。ダッシュです」

「急げよ！　列車の時間まであまりない」

「わかりました！」

恵平はポケットにスマホをしまって、「ごめんなさい」と水品に言った。それから、リレーのスタートを切るかのように体を屈《かが》め、おもむろにダッシュした。正規のルートを行くわけではない。東京駅周辺のビルの隙間や路地裏が頭の中に入っているのだ。彼女は飛ぶように人混みを抜けて、水品の視界から消え失《う》せた。


丸の内北口改札前のコンコースに到着すると、年末年始休業の告知が貼られたギャラリーのウインドウ前で、ひと組の親子が待っていた。足下にスーツケースを置いて、娘がそれに掛けている。守るように立つのは両親で、母親のほうとは面識がある。平野と河島班長は少し離れた場所にいて、息を切らして飛んで来た恵平に写真を渡した。恵平は呼吸を整え、そして、大股《おおまた》で内田結羽とその両親に近づいた。

「お待たせして、申し訳ありませんでした。丸の内西署の堀北恵平です」

娘は顔を上げて恵平を見た。

「……けっぺい？」

「はい。男みたいな名前を笑われ続けて二十二年。『恵む』に『平ら』と書いてけっぺいと読みます。お祖父ちゃんがつけてくれたんです」

そして彼女にこう言った。

「内田結羽さんですね？　お時間を取ってくださってありがとうございました」

両親にも会釈した。

「新幹線は何時に出ますか？」

「約三十分後です」

父親が言う。彼は心配そうに娘を見下ろし、黙ってその場を離れて行った。男の自分がいては話しにくいだろうと思ったからか、それとも、聞くに堪えない話を避けたかったのかもしれない。離れた父親に、すかさず河島が寄って行く。河島と平野は彼を囲んで、改札の反対側へ連れて行った。

「娘は、何もなかったと言ってます」

母親は恵平に言い、

「この人が、親切にしてくれた刑事さんよ」

と、娘に語った。

「いえ、まだ刑事じゃないんです。今は刑事課の鑑識にいます」

「あら、そうなんですか。ハキハキしておられるから、てっきり……」

恵平は友だち同士がするようにスーツケースの脇にしゃがんだ。

「仲間の刑事が電話を掛けて……軽井沢のタクシー会社へ。それで、結羽さんがタクシーを拾った時の話を聞きました。怖い目に遭いましたね。でも、無事でよかった」

スーツケースに載せた手が微《かす》かに動く。

恵平は手のひらでそれを覆った。氷のように冷たい手だった。

「軽井沢の別荘に監禁されていたんですよね？　何もなくて本当によかった」

そう言うと、結羽は驚いて恵平を見た。

「長野県警佐久警察署の警察官が別荘を調べたんです。結羽さん、浴室の窓ガラスを破って逃げたでしょう？　大丈夫。建物が外から施錠されていたことも、それ以外のこともわかっています」

「私……」

彼女の手に力が入る。

「怖いことをされましたか？」

内田結羽は頭《かぶり》を振った。

「その日のことを話せますか？　十二月二十一日の夜ですね？　千葉敬一郎と会った

のは。翌未明、別荘地の防犯カメラに千葉が乗るタクシーが映っていました。そのときあなたは後部座席に？」

「千葉っていうんですか、あの男」

しっかりとした眼差《まなざ》しで、結羽は恵平の顔を見た。

「そうです。千葉敬一郎といって、ＦＬラッキーホールディングスの証券取引業者です。彼と面識は？」

「ありません」

「じゃ、どうして……」

「二十一日の夜は、ここで友だちと待ち合わせて、丸の内のイルミネーションを見に行ったんです。そのときに、たまたまあの男が私たちの前を歩いていて、道に携帯電話を落としたんです。それで、声を掛けて、拾ってあげて」

恵平は驚いた。てっきりもっと、なにか、こう、濃厚な接点があったのだろうと思っていたのだ。

「お礼を言われて、そのときはそれで終わって、友だちと別れて独りで歩いているときに、偶然また会ったんです」

「どこで？」

「通りの裏の公園で。丸い小さな公園です。周囲にカフェが並んでいる」

どこなのか想像がつく。

「それで声を掛けられた？」

「いえ。そうじゃなく。彼はテラス席で食事をしていたみたいでした」

「誰かと？」

「独りです。さっきの人だなと思ったし、目が合ったので会釈だけして、そうしたら後ろから呼び止められて……温かいカフェラテを……さっきはどうもありがとう。助かりましたって」

「それだけ？」

「それだけです。そんなの気にしないでくださいって言ったんだけど、手渡されて、すぐに別れて、それで」

母親は両手で口を覆い隠した。

「飲んだの？　結羽ちゃん」

結羽はコクンと頷《うなず》いた。

「持ったままだと電車に乗れないから、駅へ着くまでに飲んでしまおうと思って、美《お》味《い》しかったし……そのうちに、なんかフラフラしてきた感じで……あれ？　変だなと思って、とりあえずベンチに座ったところまでは覚えています。誰かに声を掛けられて、たぶんあの男だろうと思うんですけど、ハッキリしなくて、その後は……」

薄く唇を噛《か》む。

「話してください」

と、恵平は言った。

「意識がない間に何が起きたか、想像するのは怖いと思います。でも、あなたはレイプ被害に遭っていません。安心して」

どうしてそんなことがわかるのかと、結羽は眉間《みけん》に縦皺《たてじわ》を刻む。レイプシーンを記録したビデオテープに姿がなかったからだとは、とても言えない。

「大丈夫。千葉はあなたに何もしてない。防犯カメラを確認すると、あなたを別荘へ運んだ直後、千葉は再びタクシーで出かけているんです……病院へは？」

母親を見上げると、代わりに答えた。

「行きましたけど、大丈夫だって言われました。血液検査もしましたが、後遺症が残るような薬物は使用されていないって」

「よかった」

恵平は胸をなで下ろし、自分のことのように安堵《あんど》した。再び結羽が語り始める。

「その後のことは何も覚えていないんです。気がついたら知らない場所で眠っていて、周りには誰もいませんでした。建物の空調は効いていて、電気も水道もガスも使えましたけど、外を見たら雪景色で、携帯電話も財布もなくなっていて……混乱してパニックになりました。時間がどれくらい経ったのかもわからない。出ようとしても鍵《かぎ》が掛かって開かないし、入れる部屋と、そうでない部屋があって、大声で助けを呼んでも、誰もいないし、誰も来ないし。テレビもない。ラジオも、何も」

「怖かったでしょう」

「わけがわかりませんでした。どうすればいいかもわからない。窓は全部が網入りガラスで、鉄の枠があって、ずっと外を見ていたけれど、誰も通らないし、夜になっても明かりも点《つ》かない。遠くに街灯が一つ見えるだけ」

「それであなたはどうしましたか」

「最初はわけがわからなくて……それで、部屋の中を調べてみたら。そうしたら、階段の下のクローゼットの引き出しで、生徒手帳を見つけたんです。中学生のものでした。あと、携帯電話や身分証、女性の下着……スカートや……急に怖くなって、パニックで……それでまた夜が明け……そこから必死で出口を探しました。誰がいつ戻るのかもわからないし、武器になりそうなものは何もない。考えて、考えて、ベッドの足をひとつ外して、家中のものを積み上げて、高いところにあって、唯一網入りじゃなかった浴室の窓に毛布を張って、ガラスを割って、逃げました。それから交番を探して歩いていたら、親切なタクシーの運転手さんに声を掛けられて……」

「東京まで送ってもらったんですね。勇気を持って逃げてよかった。別荘に食べ物はあったんですか」

「水も食べ物もありました。缶詰とか、スナックとかは」

恵平は頷いた。千葉が彼女を襲えなかったのは、何かの理由ですぐに別荘を出たからだ。そして直後に殺された。もしも彼女が別荘に監禁されたままで、誰も彼女の存在に気がつけなかったら……そう考えるとゾッとした。

「結羽さん。あなたに飲み物をくれた男の顔を覚えていますか」

「覚えています」

「写真を見てもらいたいんですけど、大丈夫でしょうか」

恵平は彼女の反応を待った。母親が寄り添って肩を揉《も》み、彼女は力強く頷いた。

「見ます。大丈夫です」

平野から受け取った千葉敬一郎の写真を見せた。身分証用の写真である。首だけになる前で、生気に溢《あふ》れていた頃の顔である。

内田結羽はそれを見て、キッパリと吐き捨てた。

「間違いありません。彼です。この男です」

「ありがとう」

恵平は立ち上がり、後ろで待機している平野と河島班長を見た。


自宅でまったりと新年を迎える人たちがご馳走《ちそう》を食べながら紅白歌合戦を見ている頃に、恵平は平野と水品と一緒に、ホームレスのための越冬炊き出しが行われている公園にいた。会場は祭りさながらの賑《にぎ》わいで、大鍋《おおなべ》で煮込んだ豚汁や年越しそばに長い行列ができていた。年末年始を寒空の下で過ごす人たちがこれほど大勢いるなんて、恵平は初めて知って驚いた。水品は大学生時代から度々ボランティアに参加していたと言い、ここで並んで、向こうで食べて、あちらではイベントが行われるのだと、恵平と平野を案内してくれた。炊き出し鍋から少し離れた場所に焚《た》き火コーナーがあって、食事を終えた人たちが暖をとっている。

「どうだ？　鍾馗さんって男はいるか」

ホームレスをひとりひとり捜すより効率がいいといわんばかりに、平野は目を皿のようにして周囲を見ている。もちろん恵平もそうするが、ボケた写真の、しかも一瞬の表情を、見知らぬ大勢の人に重ね合わせるのは難しい。

真っ白に煙る湯気。人々の声と喧騒《けんそう》。豚汁とかけそばの匂い。その頭上にはビル群の明かりが瞬き、夜空を虹色《にじいろ》の雲がゆく。恵平たち三人はいつしか人の波から追い出され、公園の端に立っていた。色彩に乏しい服を着て、頭まですっぽりフードを被《かぶ》り、着膨れて列に並ぶ人たちの顔はよく見えない。黒っぽいニット帽、黒っぽいパーカーに黒いジャンパーを重ね着している人は、そこいら中にいるのである。

「くそ……これじゃ誰だかわからねえなあ」

平野が舌打ちしたときだった。湯気の立つ椀《わん》と割り箸《ばし》を持ち、ボランティアと軽口をたたき合っている男の笑顔に、恵平の体が動いた。

平野が何か言う前に、恵平は人混みに突進していく。

すぐ後を追おうとした水品を、平野は止めた。

「ここはあいつに任せようぜ。俺たちは刑事の臭いがするから嫌われるんだよ」

冷たい風が吹く公園の片隅で、平野と水品は恵平を見守った。

「徳兵衛さん、徳兵衛さん」

前歯に割り箸を挟んで割って、豚汁を食べようとしていた徳兵衛を、恵平は呼び止めた。肩を叩《たた》いて振り向いたところへ、ニッコリ笑ってお辞儀する。

「私よ、丸の内西署の卵のケッペー。覚えてる？」

徳兵衛はニタリと笑った。

「お姉ちゃんお巡りさんじゃあねえか。なんだ、今日はどうしたよ？　お？　ボランティアか？」

「そうじゃないの。また徳兵衛さんに知恵を貸してもらいたくって来たの」

人とぶつからないよう炊き出しの鍋から少し離れて、徳兵衛は豚汁を啜《すす》った。

「ひゃー、うめえ。あったけえ食い物ってのはいいもんだねえ。なんつか、心が満たされるよな」

「美味《おい》しそうね。美味しい？」

「旨いよーっ。ちょっと食べるかい？」

え、いいの？　と恵平は言って、彼の豚汁を啜らせてもらった。大根、ゴボウ、ニンジンに里芋、長ネギに豆腐、きちんと豚肉も入っている。

「うわー、あったまるー、それに美味しい……ホント美味しいね、徳兵衛さん」

「だろだろ？　そうだろう？」

徳兵衛はお椀を引き寄せて、恵平が口をつけた場所から汁を啜った。

「生き返るねえ。これで十年は若返ったな」

そう言ってから、わははと笑う。

「それで、なんでぇ。相談ってのは」

「うん。あのね」

彼の上着の裾《すそ》を引き、街灯の下まで引っ張って行く。そして恵平は、死体が置かれた場所の写真を徳兵衛に見せた。

「うえっ」

徳兵衛は妙な声を出す。本当は死体を隠したかったが、そうすると何の写真かわからなくなってしまうのだ。

「よせよぅ。こりゃ、本物かい？」

「ごめんね。美味しい物を食べているのに。でも、この子はもう二度と豚汁食べられないの。だから力を貸してください。お願いします」

全身全霊で頭を下げた。

湯気の立つ豚汁をかっこみながら、徳兵衛は皺《しわ》だらけの目をショボショボさせた。

「この女の子は知らねえよ？」

「そうじゃなく」

恵平は、死体の背後に写り込んでいる脚を指す。何かの機械の脚である。

「徳兵衛さんは腕のいい板金工で、いろんな機械を見てるでしょ？　だから、これが何かわかるんじゃないかと思ったの」

「機械？　あー……これか？」

くっつくほど写真に顔を寄せ、

「暗くてよく見えないよ」

と、徳兵衛は言う。恵平はスマホを取り出し、ライトで写真を照らしてやった。

「あー……うん」

「わかる？　ここに脚があるでしょう？　何の機械か、わからないかな」

「パドルミキサーか、スライサーじゃねえのかな」

「パドルミキサーってなに？」

徳兵衛は機械の奥に薄《うっす》ら見える、カバーの掛かった何かを指した。

「これがウェルソーだよな。んーっと、えー……食肉解体用の電動ノコギリと言えば早いかな。で、パドルミキサーは挽肉《ひきにく》機。ソーセージとかを作るヤツ」

ゾッとした。

「脚に車輪と固定機がついてるだろ？　そんなこと言ってもわからないか。古い機械だけど、ああいうのは長く使えるからね」

「食肉加工場？」

「工場と言うほど大きな施設の機械じゃないね。もっと小さい……街の肉屋とか、そんな感じの大きさかなあ。でも、現役じゃないな。ここんとこさ、ホントに旨《うま》い肉を売る小さい肉屋が次々に閉店しているだろう？　ひと口に肉といってもさ、熟成のための温度管理とか、大型冷蔵庫の電気代とか、水道代とか、経費がかかって大変なんだよ。それに、肉屋は衛生にものすごーく気を遣うから、死体なんか絶対持ち込まないよ。特に人間は絶対入れない。伝染病が怖いからな。もうやってない店だと思うなあ」

「こういう機械を持ってる店って知ってる？」

「どうかなあ。老舗《しにせ》で残ってるところはあるけど、そういう所は三和土《たたき》じゃなくて、ちゃんと工場になっているしね」

恵平はもう一枚の写真を出した。

「この人、知ってる？　メリーさんは鍾馗さんって呼んでいたけど」

「鍾馗さんなら知ってるよ。んー……今夜来ていると思ったけど、来てないね」

「その人、日本橋で暮らしてる？　どんな人？」

「どんな人って、んー」

ヤツはまだ若いんだよなと徳兵衛は言った。

「実家は会津《あいづ》と言っていたかな。定職に就けなくてホームレスをやっているけど、なんか飄々《ひょうひょう》とした男でさ、スマホで仕事を見つけるんだよ。今どきだよな、それでなんとか喰《く》っていけるんだ。でも、正月は仕事がないから、郷里へでも帰ったのかな。ここんとこしばらく見かけてないね」

「その人、空き缶拾いの仕事をしてる？」

「空き缶拾いもするんじゃないかな。手が空いているときは」

「隅田川のあたりが縄張りかしら」

「なんだよ？　ヤツがなんかやらかしたってか？」

徳兵衛は背筋を伸ばして恵平を見た。

「それはまだ言えないの。やらかしたかどうか、わからないから。でも……」

恵平は考えて、ひそひそ声で打ち明けた。

「川にゴミを捨てるのを、近所のおじさんが見ていたの。それで派出所に連絡が行って、防犯カメラを調べたの」

「鍾馗さんが捨てたってか」

「それは間違いないみたい」

「なにかい？　都の、きれいにしましょう条例とかなんとか、オリンピックでうるさくなった条例違反で罰金でも取られちゃうのかい」

「ポイ捨て条例は区によって規定がまちまちだけど、罰金を取られることもあるよ」

「やっこさん、何を捨てたのかなあ」

「黒いゴミ袋」

「あー……空き缶入れて持ってるヤツか。でも、飯の種だから捨てないだろう？」

「鍾馗さんに会えないかなあ」

恵平がガックリと肩を落とすと、

「しょーがねえなあ」

と、徳兵衛は言った。空になった豚汁の椀《わん》を恵平に渡し、

「そばも食いたいからもらってきてくんねえかな」

ニカリと笑った。

「俺ぁ、ちょっとヤツを捜してみるよ。大晦日《おおみそか》の晩にホームレスがいる所なんて、そうないからね。仲間に聞いてみてやるよ」

「ホント？　徳兵衛さん、ありがとう」

「そばはネギ多めがいいな。贅沢《ぜいたく》は言えねえけども、ネギ多めがいい」

「ネギ多めだね？　うん、わかった！」

恵平は長い炊き出しの最後尾に向かって駆け出した。

「なにやってんだ？　あいつ」

吹きっさらしで寒風に耐えながら平野が訊《き》くと、水品はティッシュで洟《はな》をかみながら、「さあ」と答えた。


くたくたに煮込んだかけそばをお椀にもらって、図々《ずうずう》しくもネギを多めにして下さいとお願いすると、恵平をボランティアの一人と思ったらしく、配膳《はいぜん》係は誰かに分け与えられるよう、もうひと椀そばを盛ってくれた。

両手にそばを持って徳兵衛を捜していると、

「こっち、こっちだよ！　ケッペーちゃん」

公園の隅の暗がりから声がかかった。

真っ白に湯気の立つそばをこぼさぬように走って行く。境界の手すりに体を預けて、そこに数人の影がたむろしていた。振り返ればさっきの場所に平野と水品が立っている。恵平はそれで安心して、徳兵衛にそばを手渡した。

「はい、かけそばのネギ多め」

影は立ったり座ったりといろいろだ。

「もう一杯もらったんだけど、食べますか？」

誰にともなく差し出すと、互いに譲り合う声がして、やがて誰かのザラザラした手がそばを受け取った。ザラザラしているのは軍手のようで、暗さに目が慣れてくると、七十歳くらいのお爺《じい》さんが枯れ草の中にしゃがんでいた。

「鍾馗さんは郷里へ帰ったらしいや」

と、徳兵衛が言う。

「日本橋あたりを根城にしてんのがこの人たちだ。聞いてごらんよ」

暗がりにいたホームレスは四人。恵平は彼らにお辞儀した。

「丸の内西署で研修中の堀北恵平です。教えて頂きたいことがあるんです」

「ほらな？」

そばを啜《すす》りながら徳兵衛が笑う。

「ケッペーちゃんは、こういう子だよ」

いつの間にか呼び名が『お姉ちゃんお巡りさん』から『ケッペーちゃん』になっている。

「鍾馗さんは田舎へ帰った」

誰かの声が教えてくれた。明かりを背負っているため逆光になって顔は見えない。影はひとかたまりになっていて、誰が喋《しゃべ》っているかもよくわからない。足下でそばをすする老人だけが、白く湯気を立てている。

「それはいつのことですか？」

「一昨日《おととい》だなあ。深夜バスで」

「もう東京へは戻ってこないんでしょうか」

「どうかねえ。お袋さんの具合が悪いんだってさ」

「ずっと帰りたかったみたいだけど、金がなくてね、帰れなかったんだよ」

それが帰れたのはなぜだろう。恵平の脳裏には、捨てられた首のことがある。

「帰れるようになったのは、面接で仕事が決まったからですか？」

「そうじゃあねえよ」

徳兵衛が言った。

「面接は俺が勧めたんだから。先方の手《て》応《ごた》えはよかったんだが、やっこさんはどうするつもりか、返事はまだ聞いてねえんだ。旋盤工の仕事でさ、やる気があるなら一から教えてやってもよかったんだけども……親が病気じゃ仕方ねえよな」

「じゃあ、お金はどうしたのかしら」

「もしもケッペーちゃんが、あいつがやばい仕事をしたって思ってんなら、そんな度胸があるヤツじゃないよ。実直すぎて食いっぱぐれちゃったヤツなんだから。鍾馗さんなんて呼ばれているけど、それだって、現場で舐《な》められないようにしていただけのことで」

ニャア、と小さな声がして、暗がりに座っている男が懐から子猫を出した。ネコは老人にすり寄って、そばを分けてもらっている。

「わあ、かわいい」

「鍾馗さんのネコだよ。連れて行けないから面倒見てくれと頼まれたんだ。餌代だって、俺に五千円預けて行った。そんなヤツだよ」

千葉を殺して冷凍し、輪切りにするような男ではないということか。

「お金……ずっと貯めていたんでしょうか」

ふわっと誰かが鼻で嗤《わら》った。

「あんた、何にも知らないんだな。貯められるような生活じゃないから。少し貯まれば一気に出ていく。働かなければマイナスになる。いつだってギリギリだ。危うい橋を、ようよう渡っているようなもんで」

「鍾馗さんは……頼まれたんだよ……」

足下から声がした。そばを啜っている老人だった。食い残しを子猫に食べさせながら、老人はこう言った。

「儂《わし》に二千円恵んでいった。元気でいろよ、爺さんってな」

「誰に、何を頼まれたんですか?」

「工事現場で知り合った男に、ゴミを運んで欲しいと言われたそうだよ」

恵平は平野たちを振り向きたかった。けれどもグッと我慢して、老人の前にしゃがみ込んだ。

「ゴミをどこに運べと言われたんでしょう。聞いていますか?」

「なんだかねえ……どっかから持って来て、どっかへ捨てて、それで四万三千円。丸めた札を渡されて、頼まれたって言ってたな」

「どうして彼が頼まれたんでしょう」

「そりゃ」

と老人は恵平を見た。瞳《ひとみ》が街灯の明かりを跳ね返し、キラリと小さく光っている。

「あれほど正直な男もいないからだろ? 金を渡しても、絶対にネコババなんかしないから。無駄に詮索《せんさく》するわけじゃなし、朴訥《ぼくとつ》を絵に描いたような男だから」

「じゃ、その人は鍾馗さんのことをよく知っていたってことですね？　誰なのか、名前は聞いていませんか」

「俺たちには名前なんか必要ないんだよ」

頭の上から誰かが言った。

「スマホで仕事を探してさ、○月○日どこそこの駅へ何時まで、必要なのは何人って、募集が来るからそこへ行く。車に乗せられて現場へ行って、仕事して、金もらってハイ終わり。名前も知らない、素性も、歳も。でも、よく見る顔ってのがいてさ、仕事の仕方を見ていると、こいつは信用できるヤツだとか、こいつはダメとか、自然にわかってくるんだよ」

「お話はしないんですか？　お昼休みとかに」

ははは、と虚しい笑い声がした。

「お昼休みねえ」

馬鹿にしたように言う。

「話したい過去を持ってるヤツは、ホームレスなんかしてないよ」

結局、雲を摑《つか》むような話を聞いて終わってしまった。

彼らに礼を言って別れると、寒さに耐えきれないと言うように、平野と水品が街灯の支柱に身を寄せるようにして待っていた。明かりはただの明かりだけれど、せめて温かさを感じた気分になるのだろう。

「どうだった？」

と平野が訊《き》いた。

「鍾馗さんは会津の実家へ帰ったようです」

「会津かよ。それで、本名はわかったか」

「無理でした。ただ、黒いゴミ袋は、誰かに頼まれて遺棄したもののようでした」

「誰に」

「現場で一緒になった人みたいです」

「どこの現場で」

「わかりません」

「メールで呼び出されるヤツですね。駅で待っていると車が来て、現場へ乗せられて行くという」

「そうです。そう言っていました」

「保障もなにもないヤツですよ。もちろん名簿も残っていない。支払いはその場で現金なので、労働者も雇用主も実態はつかめないんです」

平野は真っ白なため息を吐いた。

「ていうか、風邪引きそうなんだけど」

「私もです」

「ぼくも」

三人は公園を後にして、丸の内西署へ向かった。

「あと、女性の遺体が置かれていたのは、食肉加工場ではないかと徳兵衛さんが」

「あぁん？」

平野は厭《いや》な顔をした。

「写っていたのはパドルミキサーといって、挽肉《ひきにく》やソーセージを作る機械だそうです。この……」

写真を出して指し示す。

「カバーが掛かっているのが、えーと、肉を切る専用の電気ノコギリで」

「なんか、ゾッとしますね」

「大きな工場では使わない機械だって。小さい町の精肉店とか、そんな機械みたいです。それで思い当たるのが、スーツケースに残されていた耐切創手袋の跡です。メーカーで話を聞いたら、あれは旧タイプの滑り止めの跡で、大型の肉や魚を扱う職人も、あの手袋を使っているって」

「なるほどな」

「徳兵衛さんの話では、衛生に気を遣う精肉店では、床が三和土はあり得ないというんです。だから、今は使われていない、古いタイプの店じゃないかと」

「そういや、左手首のＤＮＡが居酒屋でバイトしていた井口琉生のものと一致したそうだ。他の班が婚約者を訪ねて指輪の確認もしてもらった。婚約者は指輪の保証書を保管していて、同一品だとわかったそうだ」

「やっぱり彼女だったんですね」

パズルのピースがカチリとはまる。恵平は、その音すらも聞こえた気がした。

「この写真」

平野は死体の写真を指した。

「画像が不鮮明であれなんだが、ＣＧ処理で浮腫《ふしゅ》を排除していくと、失踪《しっそう》当時に中学生だった小野寺恭子の可能性があるそうだ」

恵平はぎゅっと拳《こぶし》を握る。

「まだ子供よ、許せない」

「まさか被害者の少女たちは、ミンチにされたりしていませんよね？」

みんなが考えていたことを水品が訊く。恵平には、どう答えていいのかわからない。平野はしばらく無言で歩いていたが、ふと立ち止まって、こう言った。

「どうもわけがわからないんだよな。千葉はなんで殺されたんだ？」

「復讐《ふくしゅう》じゃないですかねえ？　犠牲になった少女たちの遺族か、婚約者に」

「そう考えるのが普通だと思います。死体が冷凍されていたことも、輪切りにされていたことも、食肉加工用の機械があれば可能だもの」

「千葉敬一郎は殺害後、古い工場で解体されたということですね。スーツケースに手袋の跡もあったわけですし」

「鍾馗さんが殺人に関わっていないなら、無防備にゴミ袋に指紋を残した理由も理解できます。首が入っているなんて、知らなかったんじゃないかしら」

「じゃあ、少女の死体の写真を撮ったのは誰だ」

「それは……」

千葉だろうと思うけど、恵平は言葉に詰まってしまった。千葉が解体されたのは未確認の古い工場で間違いないと思うのだ。バラバラにされた千葉の体はその場でスーツケースや鞄《かばん》に詰められ、もしかしたら、複数人の手で遺棄されたのかもしれない。

では、少女の死体は？

「そうですよね。千葉の殺害現場がそこなら……あ、そうか」

水品は平野の前に出た。

「やっぱり復讐じゃないですか？　先《ま》ず、少女の写真を撮ったのは千葉です。そして犯人が千葉の犯行を知る。だから同じ場所に千葉を呼び出し、少女たちと同じ目に遭わせたんですよ」

「被害少女たちもバラバラにされていたってか」

「それかミンチに」

顔を歪《ゆが》めて水品は言った。

「誰一人、死体が見つかっていないのがその証拠です」

「それを千葉がやったんですか？」

恵平は胸のあたりがムカムカしてきた。

「肉屋はどこにあるのかな」

独り言のように平野が呟《つぶや》く。また前を向いて歩き出しながら、水品が言った。

「都内ですよね」

「どうしてそう思うんですか？　軽井沢かもしれないじゃないですか」

「だって、スーツケースが見つかったとき、遺体は冷凍状態だったんでしょ」

「冷凍状態というか、半解凍されてましたけど」

「たしかにな。今の気温を考慮しても、都内から運ばれたと思う方が自然かもしれないな。特に古い布リュック」

「そうです。あれも謎ですね」

「井口琉生の手首が入っていたリュックですね？　三十年以上前の品だとか」

「しかもベッタベタに血が付いていた。三十年前の血液が」

「私の頭じゃ追いつかないわ」

恵平は両手を髪の毛に突っ込んでかき回し、そして突然、

「あっ！」

と叫んだ。頭の中で徳兵衛さんが、豚汁を啜《すす》りながら笑ったのだった。町の肉屋は大変だ。とても経費がかかるからねと。

「なんだよ、ビックリするじゃねえか」

平野が飛び退《の》く。

「平野先輩！　閃《ひらめ》きました！　桃田先輩に電話しないと」

「はあ？」

数秒後。恵平らはビルのエントランスで寒風を避けながら桃田に電話していた。使っているのは平野のスマホで、スピーカーホンになっている。

「はい、桃田」

「俺だ、平野だ」

「お疲れ様です。ホームレスの人には会えましたか？」

「会えたよ。それでピーチに頼みがあるんだ」

平野は横目で恵平を見ると、おまえが話せと合図した。

「堀北です。都内で使用される電気料の、個別データを入手したいんですけど」

「え？　なんだって、なんで？」

「徳兵衛さんに写真を見てもらったら、少女の遺体が撮影されたのは、現在使われていない食肉加工場らしいことがわかったんです。企業がやっているような所じゃなくて、個人経営のお肉屋さんです」

「廃業した肉屋ってこと？」

「そうです」

「廃業店舗の名簿は調べられるけど、電気料金はどう関係すると思うの」

「お肉屋さんには大型冷凍庫がありますよね？　千葉敬一郎の遺体は、そこで冷凍されたと思うんです。だから、現在廃業しているお肉屋さんで、千葉が殺されたと思《おぼ》しき二十二日未明からその後に、突然電気を大量に使った店があるんじゃないかって」

「面白い！」

と、桃田は叫んだ。

「すぐに検索してみるよ。今はＡＩが電気料を管理しているからね。また連絡する」

「あ、ちょっとピーチ！」

平野が話をする前に、桃田は電話を切ってしまった。

「んだよ……まったく」

平野は次に河島班長に電話した。捜査の経緯を報告して指示を仰ぐと、今日はこのまま帰れと言われた。日本全国大晦日《おおみそか》で、聴取に応じてくれる企業も個人も皆無だからだ。

「あがれとさ」

電話を切って平野が言う。

「どうする？」

「とりあえず何かお腹に入れませんか？　凍えて死にそうなんですけど」

水品が泣きを入れてきた。

三人はまだ開いている店を探して体を温め、栄養を取ることにした。数百メートル歩く間にラーメン屋を見つけたのでそこに入った。コテコテの豚骨ラーメンの店だったが、冷え切った体に濃厚なスープと脂はありがたい。

スープまですべて飲み干した頃、平野のスマホに着信があった。

「平野です」

「こちら桃田。ビンゴ！　それらしき肉屋を一軒見つけた」

恵平が平野の前に紙ナフキンを滑らせる。水品がペンを抜いて渡すと、平野はナフキンにメモをした。

——板橋区○○精肉のウシミ　二〇〇八年廃業——そして、

「えっ？」

と、声を荒らげた。恵平と水品は互いを見やる。

「それは本当か？　でかしたぞピーチ、つながった」

平野が紙ナフキンを引き寄せたとき、水品は会計を済ませるために席を立っていた。

「行くぞ、ケッペー。肉屋の場所がわかったぞ」

東池袋から板橋までは電車で約十分だ。移動中に平野は再度河島班長に電話して、板橋区の旧ウシミ精肉店に向かうと告げた。

「あの……ごちそうさまでした」

恵平は、今さら水品に礼を言う。

「悪かったな」

と、平野も言うと、水品は屈託なく微笑んだ。

「ラーメン程度はお安い御用です。ていうか、二人と捜査するのはちょっと萌《も》えます」

わけのわからないことを言い、水品は平野を追っていく。その埃《ほこり》だらけの靴を見ながら、彼にもペイさんを紹介してあげなくっちゃと恵平は思った。


車窓から街を眺めていると、カウントダウンイベント会場のサーチライトが夜空を照らすのが見えた。駅を出て住宅街に入ったころには遠くで除夜の鐘が鳴りはじめ、二年参りに向かう人たちとすれ違った。スマホで地図を確認しながら、平野が先頭に立って行く。

十年以上前に廃業したという『ウシミ精肉店』は、ゴミゴミとした住宅街にある戸建ての精肉店だった。

通りに面してシャッターの閉まった店があり、脇に車一台分の通路があって、奥が駐車場になっている。色あせてガビガビになってはいるが、長いご愛顧に感謝する旨の貼り紙がまだ、ビニールテープでシャッターに貼り付けられていた。片隅に描かれた馬のイラストが妙にお洒落《しゃれ》だ。

エントランスを確認していると、数軒向こうで声がして、お婆さんと孫たちと、その母親と思しき人が玄関を出てくるのが見えた。一家が近づいて来るのをその場で待つ。二年参りに行くのだろう。小学生くらいの孫たちは楽しそうだ。

「こんばんは」

近くへ来たので声を掛けると、

「こんばんは」

と母親が答えてくれた。

「あの……少々お伺いしたいのですが」

なんとなく、最初に声を掛けるのは恵平の役になってしまった。

スーツ姿の平野と水品は恵平の背後に控えている。暗がりにすっくと立つ男二人を見ると、子供らは母親の陰に隠れてしまった。

「このお肉屋さんなんですけれど、いつから閉まっているのでしょうか」

「もう十年以上になりますよ。ねえババ？」

母親がお婆ちゃんを振り返る。お婆ちゃんは六十代くらい。毛糸の帽子を被《かぶ》って、分厚い毛糸のマフラーをしている。彼女はマフラーの裾《すそ》を引っ張りながらこう言った。

「そうね。五十円コロッケが美味《おい》しかったんだけどね」

「お店はどうしてやめちゃったんですか？」

「どうしてって言われても……」

母親が訝《いぶか》しげな顔をしたので、平野が警察手帳を彼女に見せた。

「あら、ま、いやだわ」

「お時間は取らせません。ちょっと聞きたいだけなんです」

恵平がフォローする。

「どうしてお店をやめたって……詳しいことはわからないけど……色々あったんじゃないですか？」

「でも、老舗《しにせ》のお肉屋さんだったんですよね？」

答えたのはお婆ちゃんのほうだった。

「そうよ。私のお婆ちゃんの代からお肉屋さん。安くて美味しいお肉屋さんでね、奥さんもお婿さんも気さくでね、ずいぶん繁盛してたんだけど」

「してたんだけど？」

恵平が訊《き》くと、今度は母親のほうが答えた。

「三十年くらい前に、そこの四つ角で、娘さんのみすゞちゃんが交通事故に遭って亡くなったんです。みすゞちゃんは一人っ子で、私、小学校の同級生だったから」

「それはもうね……傍で見ていられないくらいに気落ちされて。奥さんのほうが病気になって、仕事を続けられなくなったみたいで」

「ひき逃げですか？」

「そうじゃないのよ。そっちの、向こうの」

と、お婆ちゃんは曖昧《あいまい》に通りの奥を指し、声を潜めた。

「お家《うち》の方の不注意だったの。怖いわよねえ。事故のあと引っ越していかれましたけど」

「噂で聞いただけですけれど、ウシミのおじさんは、ここを売ったお金を奥さんに渡して離婚して、郷里へ帰ったらしいです」

「じゃ、今の持ち主は、そのままにして、空けている？」

「どなたが買ったか、私どもは知らないんですよ。挨拶《あいさつ》もないですしね」

「そうですか。ありがとうございました」

恵平が頭を下げたとき、

「オバケ肉屋だ」

と、子供の一人が言った。

「オバケ肉屋？」

「これっ」

お婆ちゃんが子供を叱る。

「いい加減なことを言うもんじゃありません」

恵平は子供たちの前にしゃがみ込み、二人の顔を見上げて訊いた。

「オバケが出るの？　すごいわね。私、そういう話、大好き」

子供二人は母親の顔色を窺《うかが》っている。母親は大きなため息を吐いた。

「本物のオバケじゃないんです。正体はウシミのおじさんなんですよ」

「前の持ち主ということですか？」

母親は子供らの頭に手を置いた。

「音がするとか、電気が光るとか、子供たちから話を聞いて、注意して見ていたことがあるんです。空き家に不審者とかが入り込んでいると怖いから。そうしたら、正体はウシミのおじさんでした。おじさんは郷里へ帰ったけれど、もうご両親も亡くなっていて、こっちにいる間に知り合いもいなくなっちゃって、また東京へ戻ったそうです。それで、時々、懐かしくてお店を見に来るんです。早朝に草取りをしてくれたり、だから空き家でもきれいなんですよ。誰にも住んでもらえないまま、お店がボロボロになっていくのは寂しいねえって言っていました」

「今も通ってくるんでしょうか」

「どうでしょう？　わからないけど」

除夜の鐘が鳴っている。恵平たちは一家に礼を言い、参拝に行くのを見送った。時折振り向いてバイバイをしながら、子供たちが先へ行く。

「ピーチに調べてもらったら、この不動産の今の持ち主が千葉敬一郎なんだとさ」

声が聞こえないほど家族が離れるのを待って平野が言った。

「ええっ、どういうことですか」

水品が訊く。

「休みで詳しい証言がとれないが、登記簿上は千葉の名義になってるようだ」

「ウシミのおじさんと千葉に面識があったということですか？　まさか、ウシミのおじさんが鍾馗さん？」

「ウシミ精肉店の営業許可証は鈴木智寿子《すずきちづこ》名義になってるそうだ。代々続く肉店で、亭主は婿さんだったみたいだな」

「じゃあ、鍾馗さんの奥さん？」

恵平が訊くと水品が答えた。

「三十年前に小学生の娘がいたっていうことは、娘が六歳だったとしても、父親は若くて二十六歳くらいか、以上ですよね？　それに三十年足すと五十六歳」

「鍾馗さんは五十代だって徳兵衛さんが」

「それは二十歳で子供が生まれて、しかも子供を一年生とした場合だろ？　ならば肉屋の婿さんは、今のお婆さんと同じぐらい、六十代以上と見るのが普通じゃねえの？　それに、鍾馗さんってホームレスは会津に実家があって、母親の看病のためにそっちへ帰ったんじゃなかったのかよ」

「あ、そうか」

しっかりしろよと平野は言って、スマホを取り出し、ライトをつけた。

正面脇の、車一台がようやく通れる道へ入っていく。砂利道だが手入れが行き届いているので荒れ果てた感じはしない。鰻《うなぎ》の寝床のように細長い敷地の裏は、車三台が止められる程度の駐車場で、敷地境界線に張り付くように松や南天が植えられていた。

敷地の周囲は建物で囲まれ、肉屋の裏にアルミサッシのドアがある。総二階建てなので上が住居だったのだろう。

「ここの電気代も千葉の口座から引き落とされているそうだ」

「基本料金を払い続けているってことは、時々使っていたんでしょうかね」

「この立地なら、駐車場に車を止めても周囲から見えにくいしな」

「別荘でレイプして、死体はここへ運んでいた？　だから電気を引いている？」

自分で言って、恵平は気分が悪くなってきた。

千葉敬一郎とはどんな男か。社員証の写真と、生首と、あとは二度の離婚歴、そしてビデオのレイプシーン。千葉について知っていることはあまりに断片的だが胸糞《むなくそ》悪い。事件は謎合わせのようだと柏村は言う。それらがカチリとはまるとき、刑事は真相に辿《たど》り着いたことを悟るのだと。

「でも、まだ何もわからない」

恵平は呟《つぶや》いた。

「お？　鍵《かぎ》が開いてるな」

裏口ドアのノブにハンカチを巻き、それを回して平野が言った。

薄気味悪い音を立てることもなく、安っぽいサッシのドアがゆっくり開く。

平野と水品が中へ入っていくのを、恵平は、生唾《なまつば》を呑《の》み込みながら見つめていた。除夜の鐘が鳴っている。今はいくつ目の鐘だろう。毎年、毎年、百八つの煩悩を祓《はら》っても、相変わらずに事件は起きる。

二人が消えてわずか数秒後、

「ケッペー、来てくれ」

中で平野の呼ぶ声がした。

恵平は夜空を仰いで覚悟を決めた。敢《あ》えて脳裏に呼び出したのは、床に横たえられた中学生の無残に腫《は》れた顔だった。首に残った索条痕《こん》。奪い取られた若さと未来。犯罪に巻き込まれたことすら知らされず、煙のように抹消された。彼女たちの無念と苦しみと恨みを、誰が晴らしてやれるのか。

「ケッペー」

「はいっ」

ふんっと鼻から息を吐き、恵平は建物に飛び込んだ。

暗闇のなか、平野と水品が持つスマホの明かりが目を射貫《いぬ》く。トタンの壁に柱があって、そこに電気のスイッチがある。平野はそれをスマホで照らし、

「スイッチを入れられるか」

と恵平に聞いた。スイッチの前にはテーブルがあり、雑多な物が積み上がっている。それを下ろせばいいのだが、平野は現場を荒らしたくないのだ。

恵平は屈《かが》んでテーブルの下を見た。脚を支えるトンボ貫が物置台になっている。とても狭いが、恵平ならくぐれるかもしれない。

「やってみます」

上着を脱いで四つん這《ば》いになり、テーブル下の台に足から入った。

「大丈夫ですか」

と、水品が訊《き》く。胸まで台に乗ったとき、恵平はおもむろに両肩の関節を外した。グギッと鈍い音がして、「わ」と水品が悲鳴を上げる。

「ていうか、ケッペーは肩の関節、すぐ外せるんだよ」

平野が説明している間に、恵平はテーブルの下を通り抜けた。反対側に立ち上がり、関節を戻してスイッチを入れる。

天井から下がった裸電球に明かりが灯《とも》り、廃屋となった工場を照らし出す。積み上げられていたのは段ボール箱で、何かの弾みに床に落ち、通路を塞《ふさ》いでいたらしい。たったひとつの裸電球が揺れるたび、随所で闇が揺れ動く。

そして恵平は気がついた。スイッチの柱に小さな馬が三頭飾られている。シャッターの貼り紙にあった馬と同じ、ぺったんこで、シンプルで、なのにお洒落《しゃれ》で愛らしい。

「なんですか？」

テーブルの奥から水品が訊いた。

「いいえ。かわいいなと思って。これって、北欧のオモチャでしょうか」

平野がスマホのライトを馬に当てた。

「なんだ、その馬？　お呪《まじな》いかなんかかよ」

「あ。それ、ぼくも持ってます。イタヤ馬ですね」

水品が言う。

「たしか秋田の工芸品で、イタヤカエデという植物の皮で作るんですよ。何事もウマくいくって意味があるとか」

「そうなのか？」

「お土産にもらったんですけどお洒落ですよね」

何事もウマくいく。柱に並ぶ三頭の馬は肉屋の家族を思わせる。加工場の内部には想像していたようなおぞましい光景はひとつもなくて、古いが手入れの行き届いた機械やトレーやテーブルが、埃《ほこり》の匂いをさせている。

ただし、使われなくなって久しい機械やトタンの壁には錆《さ》びが浮き、青い塗料片が落ちていた。天井に開いた穴から鳩が入り込んで羽毛を散らし、食い破られた段ボール箱には動物の毛や糞《ふん》が付着していた。ハクビシンかアライグマが繁殖していたのかもしれない。

「やっぱりここみたいだな」

平野が写真を手に持って、どのアングルから撮ったかを調べている。徳兵衛さんがパドルミキサーと呼んだ機械は間違いなく写真と同じ場所にあり、足下の箱にはウェルソーと呼ばれるノコギリが入れられていた。

「あ」

恵平は隙間から抜け出してウェルソーの箱を調べた。埃よけのカバーを外してみると、そこに一双の手袋がある。忘れもしない滑り止めの模様は、探していた耐切創手袋とまったく同じだ。この手袋を調べれば、はめていた人物のＤＮＡが検出できる。

武者震いで、恵平は犯人に近づいていく高揚を感じた。

作業台はステンレス。天井には肉を吊《つ》り下げるためのフックが下がり、その先が大型冷凍庫に続いている。少女の死体があったのはこの床だ。床は三和土《たたき》で、微妙にでこぼこしている。恵平は跪《ひざまず》き、地面をじっと眺めた。

「平野先輩、鑑識チームを呼びましょう」

「今、呼んでいるみたいですよ」

と水品が言う。

平野はすでに電話をしていた。

その脇に立つ水品が、何かをじっと見つめている。巨大な扉だ。恵平は立ち上がる。千葉が消息を絶った夜に、異常な電力を使用したのがおそらくそれだ。モーターの唸《うな》りは聞こえてこない。ステンレス製の扉に裸電球が映り込み、ぼやけた明かりが背中のあたりをゾワゾワさせる。冷凍庫とはいえ物置のような大きさだ。ゴムパッキンはシミで汚れて、所々に錆が浮き、鋼鉄で作られた檻《おり》のようにも思われる。恵平は戦《おのの》いた。おそらくここで、千葉は冷凍されたのだ。

水品はポケットから手袋を出し、それをはめて冷凍庫の錠を開けた。

ガチャンと鈍い音がする。

水品が力任せに扉を引くと、観音開きのドアが開き、漆黒の闇が現れた。冷凍庫には電源が入っていない。内部は遮熱用のビニールカーテンが垂れ下がっているが、その隙間を縫って、異様な臭いが流れ出てきた。

「……これ……？」

恵平は手の甲で鼻を覆った。殺人現場に臨場したことで体が覚えてしまった臭いであった。水品も臭いに一瞬動きを止めたが、やがてビニールの暖簾《のれん》を静かに開けた。

「平野刑事！」

と、鋭く言う。スマホを耳に当てたまま、平野が水品に駆け寄っていく。二人の背後から、恵平は見た。ビニールの暖簾が掻《か》き分けられて、よく見えるようになった床に一塊の山がある。ズタズタになった布の山。男物の冬用コート、革の手袋にスーツに下着。それらは無残に切り裂かれ、冷凍庫の床に置かれていた。その山と、庫内から、悪臭が漂い出ているのであった。異様な臭気は小便だ。冷凍庫に閉じ込められると、凍死するより先に窒息死すると聞いたことがある。人間が消費する酸素の量は凄まじく、寒さで意識を失う前に苦しみ悶《もだ》えて死ぬのだという。そのとき人は失禁する。脱糞することもある。千葉はここで冷凍にされ、呼吸困難で死んだのだろう。そしてカチカチになってから、衣服を剝《は》がれて裸にされた。両足をロープで結わかれてフックに掛けられ、作業台に運ばれた。

恵平はウェルソーを見た。

遺体の切り口と照合すれば、胴体を切ったのがあれだとわかる。

「う……ぎゃっ」

遺留品を調べていた水品が、踏まれた猫のような悲鳴を上げた。恵平の脇を通り抜け、真夜中の駐車場へすっ飛んで行く。

南天の植え込みあたりで吐いている。

「……千葉敬一郎の残りの部位ですが……ここにありました」

平野が電話でそう告げた。

水品が引っ張り上げたコートの下から、変色した腕が覗《のぞ》いている。腕の下にも別の何かが……解凍されてドリップが出きってしまい、灰色に乾燥した腹部のようだ。恵平は涙目になり、何度も深く深呼吸してみたが、ほんの数秒で耐えられなくなって、水品とは反対側の駐車場まで走って行ってラーメンを吐いた。

現場に臨場するときは、決して食事をしてはいけないと伊藤に教えられていたけれど、こんな不意打ちをくらうなんて。

除夜の鐘が鳴っている。いま何個目の煩悩《ぼんかい》ですかと、恵平はどこかにおわす神に訊《たず》ねた。また吐いちゃったけど、明けて挽回できるでしょうかと。

穏やかに新年が明けたばかりの住宅街にサイレンが鳴り響き、赤色灯の光が乱舞する。丸の内西署の鑑識班と捜査員、板橋警察署から応援に駆けつけた警察官らが集合し、十年以上閉ざされていた旧ウシミ精肉店のシャッターが開けられた。

周囲はブルーシートで目隠しされて、煌々《こうこう》とライトがつけられ、恵平は、鑑識活動服に着替えて巨大冷凍庫の床に這《は》いつくばっていた。冷凍庫の床には複数の女性の髪、千葉のものと思《おぼ》しき男性の髪、ゴム長靴の跡や、失禁の跡、体毛や皮膚片がこびりついていた。室内はどこもかしこも明るく照らされ、今や肉店の控え室および居間だった和室の床も剝がされて、徹底的な捜査が始まっていた。居間の床下に掘り返された跡があったのだ。

「剣持課長！　来てください」

捜査班に呼ばれて課長が出て行き、しばらくすると戻ってきてこう言った。

「出たぞ。手首の持ち主だ。居間の床下に埋められていた」

騒然とする捜査員らの声を、恵平は桃田と一緒に聞いていた。各所から指紋を採取しながら伊藤が呟く。

「それが始まりだ……まだ出るぞ……」

その通りだった。

わずか四畳半の控え室兼居間の床下からは、三名の女性の遺体が掘り出された。

どれも衣服を身につけておらず、すでに白骨化してしまっていた。一番新しい死体には手首がなくて、これがおそらくリュックに入れて遺棄された手首の持ち主だろうと思われた。検証が終わるとそれらの骨は丁寧に遺体収納袋に収められ、一列に並んで合掌する捜査員らの前を通って車に乗せられ、大学の法医学教室へ運ばれていった。

恵平たちが想像したようなおぞましい行為は為されておらず、千葉は少女たちの死体を解体してもいなかった。電気料金を支払っていたのは、穴を掘るまでの間、遺体が腐らないようにするためだったのかもしれない。大型冷凍庫には少女たちの痕跡《こんせき》が残されていたからだ。全裸で床に転がされ、皮膚の一部が凍り付いて剝げ落ちた。その一点だけでも、恵平は千葉を許せなかった。そして千葉を殺した犯人も、憎まなければならないはずだった。

シャッターの貼り紙と、工場にあったイタヤ馬。観光地のお土産であることを桃田が突き止めた布リュック。死んでしまったみすゞちゃん。鈴木智寿子名義の営業許可証。婿養子だったウシミのおじさん。奪われた幸せ。離婚、そして失った家族……大切な店……大晦日……誰も知らなかった千葉の犯罪。すべては、老人が盗んだスーツケースで始まった。

様々な点が一本の線で結ばれる。それはあたかもパズルのピースが自らの場所へ、勝手に寄り集まっていくかのような感覚だった。柏村が言っていた謎合わせの意味を、恵平はいま、実感した。

ウシミ精肉店の検証が終わったとき、恵平の心は決まっていた。鑑識道具を車にしまい、ヘッドカバーと手袋を外し、マスクを脱いで靴カバーを取り、少し身軽になったとき、平野がそばに来て、こう言った。

「一緒に行くか?」

「行きます」

その質問で、平野にも犯人の目星がついたとわかった。近くで水品が、説明を求めて待っている。平野は鑑識課長の許《もと》へ行き、堀北を貸してくださいと彼に頼んだ。撤収の準備を進める桃田が、恵平にドヤ顔を向ける。やったねという桃田の声が、恵平には聞こえていた。

恵平は鑑識専用車ではなく、平野と一緒の車に乗った。同乗者は水品と河島班長だ。すでに夜は明け始め、家々の奥に初日の出の後光が射していた。


恵平たちが到着したのは、別の現場でも現場検証の場でもなく、勤務先である丸の内西署の留置場だった。

年末に度を超して呑《の》んだ酔っ払いや、現行犯逮捕されたスリ、職務質問で公務執行妨害を働いた者などが集まって、保護室や留置場は一年でもっとも人口密度が高い。

「どうしてここへ来たんですか？」

今回、図らずも恵平や平野と都内を駆け回る羽目になった水品は、その理由を知りたいと平野に訴えた。

「長野県警が捜索したら、千葉の別荘からスーツケースを購入したときのレシートが見つかったってさ。軽井沢のアウトレットモールで購入されたものだった。千葉の胸部が入っていたのは、千葉本人のケースだったんだ」

「げ。そうだったんですね」

「千葉は海外旅行に行く予定だった。ツアーではなく個人旅行だ。毎年この時期は、買春ツアーにいそしんでいたようだ」

河島班長が補足する。

「どんだけですか」

と水品は言った。

「それでどうして留置場へ？」

平野が先に行って、留置場の担当者に話を通す。そして一般の面会室ではなく、取調室へ被疑者を連れて来て欲しいと頼んだ。恵平は平野や河島班長と一緒に、取調室で待っていた。

「久松警察署には本当にお世話になったね」

書記用のデスクに掛けて河島が言う。

水品は少し不思議そうな顔をしていた。結局のところ事件の謎も解かれていないし、千葉殺しの犯人も、まだ捕まっていないのだ。

やがてノックの音がして扉が開き、担当官が留置中の被疑者を連れてきた。白髪交じりの髪にグレーの作業着。それは、千葉の胸部が入ったスーツケースを置き引きして自首した老人だった。取調室には、高いところにひとつだけ窓がある。それを背にして平野と恵平が立っている。河島は入口脇のテーブルに掛け、水品はその脇にいる。四人もの警察官が待っているのを見ると、老人は怯《おび》えた表情になった。

「あけましておめでとうございます」

最初に口を開いたのは恵平だった。彼女は深くお辞儀して、

「今年はいい年になるといいですね」

老人にニッコリ笑いかけた。

「ああ……どうも、その節は……大変お世話になりまして」

負けないくらい深々と頭を下げる。

恵平は手を差し伸べて老人を誘《いざな》い、窓を背にする椅子に座らせた。平野が右に、水品が老人の左に立つと、向かい側に置かれた取調官用の椅子に、恵平が腰を下ろした。

老人の顔を覗き込み、それから静かにこう言った。

「陸奥《みちのく》ミルキー」

年老いた瞼《まぶた》がピクリと動く。恵平はさらに言う。

「精肉のウシミという、コロッケの美味《おい》しいお肉屋さんが板橋区にあったんですけど、十年以上前にお店を閉めてしまったんです。建物は今もそのままになっていて、本当は荒れ放題でもおかしくないのに、お肉屋さんのご主人は、ずっとお掃除にきていたそうです。行ってみたけどきれいでした。雑草ひとつ生えていない。閉店の貼り紙もまだ残っていました」

老人は恵平の前のテーブルを見ている。恵平はそこに一双の手袋を載せた。現場から持ち帰った古い耐切創手袋だ。平野が静かな声で言う。

「肉屋の作業場にあった手袋だ。表面に付着していた肉片から、バラバラにされた被害者のＤＮＡが検出された。で、手袋の内側からは別のＤＮＡが出た。おそらく犯人のものだろう。よっぽど手汗をかいたんだな」

老人が手袋から目を逸《そ》らしたので、恵平は話を続けた。

「畠山さんの郷里は秋田でしたね。私は信州の出身なんです。観光で来る人がとても多くて、お土産の……」

「角館《かくのだて》はいいところです。陸奥の小京都と呼ばれていてね。盆や正月に実家へ帰ると、娘と家族で行くんです」

「紺色と黒のツートンに、かわいいイラストがついたリュック。娘さんの為に買いましたか？　角館で？」

老人は深く頷《うなず》いた。

「クマの絵が気に入って、毎日学校へ持ってってました。ランドセルにくっつけて」

「交通事故で亡くなったときも、そのリュックを」

「持ってました。血だらけになってね。それでも、どうしても捨てられなくて、大切にとってありました。仏壇に飾ってとっていました。今までずーっと、持っていました。ポケットに入れて、持っていました」

「その大切なリュックに、井口琉生さんの手首を入れて、お濠《ほり》に捨てたのはなぜですか？」

水品が顔を上げる。恵平が何を言わんとしているか、ようやく理解できたのだ。

「どうして……？」

　と、老人は聞いた。

「不思議だったんです。ウシミ精肉店の所有者は千葉でした。千葉は残虐な思考の持ち主で、だからもし、遺体を解体しようと思えば、あそこの機械を使えたはずです。でも彼はそうせずに、床下に少女たちを埋めていた。かたや千葉本人の遺体はバラバラにされて捨てられた。犯人はお店の設備を自在に扱える人物です。あなたですよね？　畠山さん。ウシミのおじさん」

　老人は何も言わない。恵平は取り調べテーブルの上で指を組む。

「靴磨きのペイさんが呼び止めたとき、本当は、千葉敬一郎の死体を持って自首しようとしていたのではないですか？」

　老人は答えない。

「話してください。ウシミ精肉店の床下から若い女性三人の遺体を発見しました。いま、身元の確認を進めています」

「三人もですか……？」

　畠山老人は心から驚愕《きょうがく》したという顔だった。

「あなたと千葉敬一郎には面識があったんですか？」

畠山老人は頭《かぶり》を振った。

「娘さんの交通事故との関連は」

再び彼は頭を振った。

「それじゃ、どうして……」

「あの男が、まさか三人も殺していたとは思いませんでした。でも、大切な私の店を悪いことに使っていたのはわかっていました。私は……」

老人がうなだれたので、背中に朝日が当たって見えた。ビルの谷間に射し込んでくる、ほんのわずかな都会の光だ。骨張った肩や、筋だらけの首、皺《しわ》の寄った顔を容赦なく照らしている。

「娘の名前はみすゞと言います。歳がいってから授かった子供でね、そりゃあ可愛がっていましたよ。それがあなた、ほんの何秒かの不注意で、朝は元気に『いってきます』と言ったのに、夕方には冷たくなっ……」

少し洟《はな》を啜《すす》るようにして、

「酒を飲みました」

と、老人は言った。

「わかっています。辛《つら》いのは妻も一緒だと。でもね、素面《しらふ》じゃいられなかった。私は酒乱になりました。あなたに会ったとき、酒は飲めないと言ったのは嘘です。飲めばまた酒乱になるから、飲まなかっただけなんです。あのときはねえ、どこからこんなに涙が出るんだろうと思うほど、いつまでも泣けてくるんです。代々続いた肉屋ですけど、どうしても経費がかかるので、妻は、いずれ惣菜《そうざい》屋をやりたいと言ってたんです。娘のみすゞのためにもね、肉屋を続けるのは大変だから。でもダメでした。私は酒に溺《おぼ》れて暴力を奮い、妻との仲も壊れてしまい、店は借金の形に取られて、結局売られてしまいました。少しばかり残った金を妻にやり、私はホームレスになったんです……それでもね、時々思い出してしまうんですよ。みすゞが生きていれば今頃は……それで店を見に行くんです。草が生えたな、シャッターが汚れたな……郵便受けが錆《さ》びたなと……建物が壊されて、跡形もなくなっていれば別ですが、いつまで経ってもあのままだ。それで、時々中に入って……」

恵平は、羽毛や獣の糞《ふん》で汚れた工場のことを思い出していた。雨漏りや動物の被害はあったけど、室内は片付いていた。あまりにもきちんと片付いていたのだ。

「二階で休んだりしていましたか？」

訊《き》くと老人は頷いた。

「合鍵《あいかぎ》も持っていましたけどね、そもそも施錠されていませんでした。私は着の身着のまま放り出されて、でも、店には家財も残っていたので、雨風をしのぎたいときは二階に行って、そこで寝ることもありました」

「そんなときに見たんですね？　千葉があそこで何をしていたか」

「はい、そうです」

　と彼は言う。

「驚きましたし、許せなかった。こっちも日陰の身ですから、隙間から見ただけだったんですが、最初は、まさか、死んでいるとは思いませんでした。音だけ聞いていたんです。ガタゴトいう音、ザクザクいう音……まさか……まさか」

「どうして警察に連絡してくれなかったんですか」

　老人は顔を上げ、「できませんよ」と言って笑った。

「こんな身の上です。警察に何度もお世話になってます。いいえ、ちがう。そうじゃなく……」

　許せなかったんですと、彼は言う。

「どうしても許すことができませんでした。あれは私とみすゞと家内の、大切にしていた店なんです。それをあなた、あんなことに使うなんて」

「琉生さんの手首を千切って、捨てたのはなぜですか」

「探したんです。どこかに何か、秘密が隠されているはずだと思って、色々探してみたんです。でも、ずっとあそこにいるわけでもないし、私にも仕事がありますし。人目があれば店には行けない……時間が掛かってしまったんです。最初に探したのは裏庭で、それから工場、あとは店……トイレ……居間の床下に埋めるなんて、ちょっと思いもしなかったもので。それがねえ、可哀想じゃないですか。私には、とても全身掘り返すような真似はできませんでしたけど、床板を剝《は》いだら手首だけ、助けてというように土からはみ出ていたんです」

恵平は痛々しげに目をしばたたいた。

もしかしたら琉生さんは、埋められたときにまだ息があったのかもしれない。

「それを見た途端、私は床下に飛び込んで、引っ張り出そうとしていました。骨だったんですけど、そんなこと考えずに、みすゞが助けを求めて手を伸ばしているように見えたんです。引っ張ったら簡単に抜けて……私はオンオン泣きました。悔しくて、悲しくて、その時です。おそらくあれを殺意と言うんでしょう」

パズルのピースがまたはまる。恵平はようやく腑《ふ》に落ちた。だから琉生さんの手首だけは、丁寧に手ぬぐいで包まれていたのだ。愛《いと》おしむように包まれて、娘さんが大切にしていた布のリュックに入れられた。ビニール袋を膨らませ、一緒に入れて捨てたのも、お濠《ほり》に沈める気などなかったからだ。

「千葉をどうやって呼び出したんですか」

「跡をつけました。あの男は時々店に来たんです。何をするわけでなく、写真を撮っていくんです。冷凍庫や、工場や、居間の様子を」

「ある種の性癖を持つ殺人犯は、過去の犯行をなぞって性的快楽を得る。千葉もそのタイプだったのかもしれねえな」

河島班長が静かに言った。

老人は話を続ける。

「だから跡をつけて、勤め先を調べて、連絡先を手に入れました。商売が商売だから難しくなかった。それである日」

「十二月二十二日未明のことではないですか」

「いつだったか忘れてしまいました。本当のことを言いますと、あれからずっと、今がいつなのか、何をしているのか、記憶がはっきりしないんです。靴磨きの人やあなたに親切にしてもらったことは覚えているのに」

「千葉に電話を掛けたんですね？　なんていいましたか」

「知っているぞと言いました」

「それだけ？」

「ええ。それだけです。全部知っているんだぞと、同じことを三回くらい。相手は怒って電話を切りました。それで十分だったんですが、彼は私の店に飛んで来た。私は隠れて見てました。あの男が狂ったようにあちこち探して歩くのを。機械を蹴飛《けと》ばし、テーブルを蹴りつけ、そして冷凍庫に入ったんです。中に残っているかもしれない犯罪の跡を消すために。私は扉を閉めました」

恵平にはその様子が見えるようだった。

「扉を閉めて、冷凍庫のスイッチを入れた？」

畠山は頷《うなず》いた。

「あとはお察しの通りです。運びやすいように解体して、私が使っていた古い鞄《かばん》と、あの男が持ってきたスーツケースと、首は紙にくるんでゴミ袋に入れました」

「そのほかの部位は？」

「なんですか……疲れちゃったんですよ。首と腕と足を切り離し、胴体を輪切りにして、適当な容《い》れ物に仕舞ったところで、精も根も尽き果てたんです。そこから少しずつ捨てようと、はじめに足を入れた鞄を持って、隅田川近くのゴミ集積場へ行ったんだけど、いざ鞄を置いてみると、どうも誰かが中を確認するように思う。普通の人が鞄を拾って、中を見たら可哀想だなと思ってしまって……脚を少し鞄からはみ出させてみたものの、それもなんだか妙な気がする。そしたらそこにデパートの袋が捨ててあってね、はみ出た部分をそっちへ移して、テープでグルグル巻きにして、お濠《ほり》まで行って水に落とした。普通の人はお濠のゴミを拾えないから」

「女性の手首は？　わざと見つかりやすいようにして捨てましたね？　ビニール袋で浮《う》きをつくって」

「可哀想だったからねえ」

と、老人は言った。

「早く見つけてあげて欲しくてしたんです。全身は掘り出せないし、黙っていては見つからないし、手首なしでお棺に入るのも哀れだからね」

「メッセージだったんですか？　女性が殺されているから調べて欲しいという」

「わからない。よくわからないんだ」

「あんた、工事現場で知り合った男に金を渡して、千葉の首を捨てるように言ったんだろ？　鍾馗さんと呼ばれるホームレスの男性に」

老人は平野の顔を見上げた。

「四万三千円だかを渡してさ、頼んだろ？」

コクコクと、彼は何度も首を振る。

「それはどういうつもりなんだよ？　アリバイ工作か？　自分が留置場にいる間に首が捨てられたら、嫌疑をかけられないだろうと思って」

「……いえ……」

そんなことは考えてみたこともないと言わんばかりだ。

「そうじゃない。首は大事だから、早く見つけて欲しかったんだが、隅田川の近くに置いておいても、見つかったというニュースがないから、彼に頼んで川に捨ててもらったんですよ。鍾馗さんは中身を知らない。お母さんが病気なのに、家に帰る汽車賃もないって言うから、持ってたお金を全部あげたんだ」

テーブルに載せた自分の両手が、震えているように恵平は思った。それとも震えているのは心だろうか。自分のお金を全部あげた。すべてを与えて妻と別れた。かつての家を時々訪ねて草むしりをし、建物が傷まないよう尽力していた。こんな人が千葉を見て、彼のしていたことを知り、怒りにまかせて彼を殺した。スーツケースに胸部を詰めて、自首するために街を歩いた。煌《きら》びやかで華やかなクリスマスの街を、一日中。その時の気持ちを考えて、胸が詰まった。

「そして私のほうが先に警察へ来た。靴磨きの人に助けられてね」

「あのとき正直に話してくれれば……」

と恵平が言う。

「言えなかったんですよ」

老人は悲しそうな目で恵平を見て、微笑んだ。

「相手が若いあなたじゃなくて、厳《いか》つい男の警官だったら、正直に話したかもしれないけれど。でも、あなたにはとても言えなかった。人を殺して凍らせて、輪切りにしたなんて言ったら、あなたは私を怖がるでしょう？　私はそれが怖かったんです」

そんな……そして恵平は考えた。私は彼を怖がったろうか。この人のことを知らないままにスーツケースを開け、中から出てきたものを見たとして、その場で彼が白状したら、私は彼を……この老人を……たぶん、きっと、恐れたに違いないと恵平は思う。老人は下戸だと言った。酒は一滴も飲めないと。ペイさんが買ってあげたワンカップを、暖をとるため抱きしめていた。でも本当は酒乱だったのだ。傷心の奥さんに暴力を振るい、家庭を壊した人なのだ。頭の中で柏村が言う。犯人はひとつの秘密を隠すため、何百もの嘘を自供するものだ。ペラペラ、ペラペラとな。

恵平は何も言えなくなった。千葉が撮ったおぞましいビデオや、少女の死体写真、老人の店で見たものや、スーツケースに入った胴体や、靴を履いたままの足、それに徳兵衛さんやメリーさん、ペイさんの笑顔が重なった。東京はもう関東大震災後のバラック建ての世界じゃない。イルミネーションが瞬いて、カウントダウンイベントのサーチライトが天を照らして、ビルが建ち、食料も、衣類も、娯楽もたくさん。それなのに。いくつかのおにぎり、バナナに煙草、電車賃、そんなものが人の生き死にを左右していた時代と、どう変わったというのだろうか。

「ってか、おい」

平野にティッシュを渡された。

老人の正面に腰掛けたまま、テーブルに載せた手を握りしめ、恵平は涙を流していたのであった。自分では気がつかなかったけど、恵平は泣いていた。

交通事故で死んだみすゞちゃん。結婚式を挙げられなかった琉生さんや、殺されてしまった中学生、床下にいたもう一人の女性、肉屋を追われた奥さんや、千葉を殺したこの人や、彼を助けたペイさんのことが、涙となって流れ出ていた。

「すみません」

と老人はなぜか恵平に謝った。テーブルに額を擦り付け、そのまま肩を震わせて、顔を上げようとしなかった。

その背中には柔らかく新年の光が満ちていた。

エピローグ

　翌二日の午後七時過ぎ。恵平は平野に誘われて、女装のダミさんがママをしている『ひよこ』を訪れた。以前一度だけ前を通ったことがあるその店は、東京駅周辺のどこかの路地にひっそりとある。日が暮れると途端に土地勘を失ってしまう恵平は、呉服橋ガード下の『ダミちゃん』で平野と落ち合い、その場で水品も呼び出して、裏小路にスナックがひしめく界隈《かいわい》に来た。

「丸の内西署は、この店をよく使うんですか？」

『ひよこ』は、入口ドアの脇に小さなサインが出ているだけの店である。向かいにも並びにも怪しげな店が何軒かあって、巨体に厚化粧の心優しきママたちが美貌《びぼう》を競い合っている。

「いや」

　平野は言下に否定した。

「よく使うのは焼き鳥屋のほう。でも、ケッペーが、一度来てみたいって言うから」

「私のせいみたいに言うのはやめてください。平野先輩じゃないですか。ダミさんの女装を見たいって」

「んなこと言った覚えはねえぞ」

「お二人は付き合っているんですか？」

水品に突然聞かれて、恵平も平野も驚いた。

「んなわけねえだろ」「違います」

同時に否定すると、

「息もピッタリですね」

水品は笑って、ドアを開けた。

とたんに凄《すさ》まじい大音量と、キラキラした原色のライトが目を射貫《いぬ》き、

「あけおめ〜っ！」

喉《のど》がつぶれたようなダミ声がして、パパパパパーン！　とクラッカーが炸裂《さくれつ》し、水品の頭に金銀のテープが舞い降りた。

「あらやだ。間違えたーっ」

カウンターに陣取ったダミさんはヒョウ柄の派手な振り袖《そで》を着て、結い上げた髪に

日の丸の扇子と小さいミカンを挿している。

「ダミさん、こんばんは」

水品の後ろから恵平が顔を出すと、ダミさんはカウンターを出てきて水品の髪にからんだテープを外し、改めて恵平の頭に振りかけた。

「ケッペーちゃんが最初に入ってくると思って、クラッカー無駄にしちゃったよ」

「それは失礼しました」

水品は恐縮している。

「ささ、座って頂戴《ちょうだい》。ひよこ・ワンダーランドへようこそ」

ダミさんはカウンターにコースターを並べながら、

「こちらはどなた？」と、水品を見た。

「久松警察署の水品刑事。今回は合同捜査だったから、俺とケッペーのバディだな」

「久松署の水品です」

「やだイケメーン」

つけまつげで倍くらいになった目で、ダミさんは水品にウインクした。

ダミさんの（伯父《おじ》さんの）スナックは、カウンターが七席、ボックスが一席の小さな店だ。それがほぼ満員で、ミラーボールがギラギラ光り、お客はすでに出来上がって、人いきれが半端ない。オーナーは厨房《ちゅうぼう》に引っ込んでいて、ダイナマイトボディのお姉さまがカラオケで熱唱するお客さんを煽《あお》っている。

「彼女はムツ子ちゃん、ムッちゃんって呼んであげると喜ぶよ」

温かいおしぼりを平野に渡してダミさんが囁《ささや》く。

店の雰囲気に気圧《けお》されているうちに、三人の前にはそれぞれに、ダミさんが勝手にチョイスした飲み物が並んだ。平野にはウイスキーをロックで、水品にはビールが、恵平には唐傘がついたカクテルが。三人はグラスを引き寄せ、乾杯した。

「とりあえず、お疲れさん」

ダミさんのカクテルは乳白色で、薄《うっす》らピンクで、甘くて桃の香りがした。大晦日《おおみそか》も元旦《がんたん》もなかったけれど、さらに、書類や鑑識作業は明日《あした》からもまだ続くけど、とりあえず何かをやりきった気持ちがする。嵐のような数日間。何十倍にも濃縮された、怖くて目まぐるしい日々だった。

「ダミさん、お腹空《す》いちゃった」

「俺も腹減った」

恵平と平野が交互に言うと、ルージュを引いた唇でダミさんは苦笑した。

「ここはバーだぜ？　焼き鳥屋とは違うんだけど」

「すみません。ぼくもお腹が空きました」

まったく、とダミさんは言って、厨房へ入っていった。そして間もなく、揚げ餅《もち》で作ったピザと、メリーさんの店の花びら餅を持ってきた。

「あっ！　もしかしてこれ、兎屋さんの花びら餅？」

恵平が言うと、

「知ってたかい」

とダミさんは笑った。

「今日から四日まで、年に三日しか売らない餅だよ」

「メリーさんに聞きました。ゴボウは鮎《あゆ》で、餡《あん》が味噌《みそ》。お正月のお雑煮に見立てたお菓子ですって」

「鮎じゃなくって塩鮎な」

ダミさんはいつもクールだ。

「イヤなママ。若い子にしちゃ物知りじゃないのよ。このお嬢ちゃん」

ムッちゃんが感心して笑う。

花びら餅は店中のお客さんに振る舞われ、集まった人々を笑顔にした。優しい求肥《ぎゅうひ》と、ほのかに塩気のある味噌餡と、メリーさんしか煮ることができないというゴボウの甘さは、不思議で優しく、ほっこりするハーモニーを奏でていた。

「花びら餅って初めて食べるな」

「ぼくもです」

平野も水品も文句を言わず、和菓子をあてに酒を飲む。

恵平は、このメンバーで当たった今回の捜査を、決して忘れずにおこうと思った。ここに桃田がいれば完璧《かんぺき》だけど、桃田は今夜が当番で、明日まで署を出られない。グラスを重ねて、歌も歌って、ダミさんとムッちゃんの掛け合いに笑い、ついには厨房からマスターも出てきて、『ひよこ』が店を構えた当時の、同じ話を延々と聞かされる頃、恵平は完全に出来上がり、カウンターで寝息を立てていた。

「あー、しょうがねえなあ」

そろそろおひらきにしようと、チェイサーを頼んだ平野がこぼす。

「堀北さん、新人なのに頑張っていましたもんね。どうします？　ぼくが担いでいきますか？」

「甘やかすのはよくない。たたき起こして連れて帰るぞ」

そう言いながら、平野は恵平が目を覚ますのを待っている。

「なあ、マスター」

店が随分静かになって、ダミさんが酔い覚ましのコーヒーをサービスしてくれた頃、平野は八十過ぎと思《おぼ》しきマスターに訊《き》いた。

「警視庁の都市伝説って聞いたことあるかい？」

「なあにそれ、怖い話？」

と、ダミさんが身を乗り出してくる。

「私、怖い話大好きよ」

平野はダミさんを見て笑う。

「暗い店で朝まで飲んで、送られついでに顔見たら、姉ちゃんに髭《ひげ》が生えてたなんてホラーはよく聞くけどな。そうじゃなく、幻の交番があるって話」

「幻の交番？　それ、なんですか」

水品が訊いた。平野はそれには答えずに、

「知らないかな」

とマスターに問う。

「知ってるよ。東京駅のどっかの地下に、昔の交番があるって話だ」

老齢のマスターはワイシャツに蝶《ちょう》ネクタイ、そしてベストを着込んでいる。グラスをピカピカに磨きながら平野に答えた。

「マジかよ？　どのへんに？」

「その話なら、私も聞いたことがあるんだけど」

恵平のコーヒーを引き寄せて、ムッちゃんが言う。

「行くと死んじゃう交番でしょ」

「え？」

平野はソーサーにカップを戻した。

「そこに行ったことがある警察官を知ってたけど、その人、一年くらいで亡くなったのよ。首都高で、事故車の処理中に、車が突っ込んで」

「前の警視総監も、何度かそこへ行ったことがあるって話だったねえ。交番の場所を部下に探させていたって聞いたなあ」

「前の警視総監って……？」

水品が呟《つぶや》いた。

「若い刑事さんは知らないだろうが、暴漢に銃で撃たれて亡くなったんだよ」

「警察関係者の間では有名な話だろ？」

夜が更け、和服姿のダミさんは、喋《しゃべ》り方がすっかり男に戻っている。

「酔っ払っていたり、あるいは心底疲れていたり、職務に迷ったりするときに、古い交番が現れる。そこに年取ったお巡りさんがいて、お茶を出してくれるんだよな？　でも、彼に会った人は一年以内に死ぬって話だ」

平野は黙ってコーヒーを飲む。

その隣で恵平は、すうすうと寝息を立てている。

「じゃあ死神なんですか？　その交番のお巡りさんは」

「どうだかねえ。ペイさんなんかは、現役だった頃の彼を知っているって話だけども。あと、メリーさんも知ってるぜ？　あの婆さんはペイさんよりも年上だから」

「わしも似た歳だがね、こっちへ来たのは最近だから」

「最近で五十年も経ってちゃ世話ねえぜ」

ダミさんが言ってマスターは笑った。


恵平は夢を見ていた。柏村の交番へお礼を言いに行っている夢だ。柏村は小さいコンロでお湯を沸かして、ほうじ茶を淹《い》れてくれようとしている。

柏村さん。事件は解決したけれど、私、なんだか悲しいの。

恵平は柏村に訴えた。

どうしてあげればよかったんだろう。畠山老人に、被害に遭った少女たちに、そして被害者の千葉を憎んでしまった私自身に。

柏村のヤカンがシュンシュン唄《うた》う。その音が時間を切り刻み、恵平はとても焦っている。柏村が殉職するまであとわずか。過去を変えることはできないのだろうか。卵の自分が一人前になるためには、まだまだやるべきことがあるのに。

ねえ、柏村さん。柏村さんは誰を救いたいの？

声は届かず、柏村はただ笑っている。

夢の中で恵平は、柏村のほうじ茶が入るのを待っていた。

……to be continued.

【主な参考文献】


『〈物語〉日本近代殺人史』山崎哲（春秋社）
『新聞紙面で見る二〇世紀の歩み　明治・大正・昭和・平成　永久保存版』（毎日新聞社）
『関東大震災と横浜　廃墟から復興まで　関東大震災90周年』横浜都市発展記念館・横浜開港資料館（横浜市ふるさと歴史財団）
『東京駅の履歴書　赤煉瓦に刻まれた一世紀』辻聡（交通新聞社）
『江戸・東京の事件現場を歩く　世界最大都市、３５０年間の重大な「出来事」と「歴史散歩」案内』黒田涼（マイナビ出版）
『加藤嶺夫写真全集　昭和の東京　5　中央区』川本三郎・泉麻人／監修（デコ）
『元報道記者が見た昭和事件史　歴史から抹殺された惨劇の記録』石川清（洋泉社）
日本警察50年の軌跡と新たなる展開（平成16年警察白書）
http://www.npa.go.jp/hakusyo/h16/hakusho/h16/pdf/F0200000.pdf
ホームレス、人知れず亡くなる彼らの過酷さ　村田らむ　東洋経済オンライン
https://toyokeizai.net/articles/-/304537

本書は書き下ろしです。

この作品はフィクションです。
設定の一部で実在の事象に着想を得てはおりますが、
小説内の描写は作者の創造に依るものであり、
実在の人物、団体、事件等とは一切関係ありません。